马力历险记 2 之黄金国
（简体字版）

The Adventures of Ma Li (2): Eldorado (A novel in simplified Chinese characters)

B杜

British Library Cataloguing-in-Publication Data. A CIP catalogue record for this book is available from the British Library.

ISBN 978-1-913080-67-9 (ebook)
ISBN 978-1-913080-66-2 (print)

For my Family

第1章·邮差送信来

从西藏回来后，马力的心情悲喜交织，喜的是地球终于免受核辐射所带来的伤害；悲的是他的父母到现在还下落不明。

葛家人同样悲喜交织，喜的理由和马力如出一辙，悲的是他们已经在地球上待了一年多，如今马力的父亲依旧杳无音讯，代表他们得继续待着，这不是他们想要的。

"孩子们，好久不见，听说你们完成任务了，恭喜！"巫老师说。

再度看到那张甜美的笑脸，对于心有遗憾的马力来说，不无小补。

"哎~"孩子们先后叹气。

"怎么是这个反应？我以为你们会开心地欢呼起来。"

行空推一推他的黑框眼镜，答："马力的父母还是不知所终。"

"噢！可怜的孩子。"说完，巫老师过来拥抱马力。

幸福来得太快，马力还来不及享受这个过程，女神就放开他，只留下淡淡的香水味，像混合了蜜柑和海洋的气息。

"你们有谁能告诉我这次任务都经历了什么？"巫老师问。

于是四个孩子你一言我一语地争相告知，不论当时有多么惊险，现在说起来却乐多于苦。马力终于明白为什么马尔星人会这么热衷完成任务，原来那是一个奇妙的过程。

"这么说，同一时间里也有人在南半球试着解救地球，"巫老师喃喃道，"他们究竟是谁呢？"

"马力以为是他的父母。"叮叮说。

"谁让妳多嘴？"马力怒目相视。

"难道不是？"

马力的确这么想，但没有任何征兆显示那是他的父母所为，他很害怕这是自己一厢情愿的想法，同时也不高兴有人读出他的心思。

"当然不是。"他假装信心满满，"我父母应该离我不远，他们没多久就会回来。"

"都一年了，要回来早回来了。"咚咚说。

话说得没错，但听在耳里很不舒服，仿佛预告他的父母已经遭遇不测，要不就是不要他了。

"我说他们一定会回来，你们怎么就是听不明白？"马力嘶吼完，冲出教堂。

他以为巫老师会出来找他，结果没有。这正好，他需要时间和空间独处一下。

此时小教堂外天朗气清、惠风和畅，一切是那么的美好。突然，一个白色的动态影子朝他而来，由远及近。

"早！"刹车声响起。

说话的是一名年轻邮差，身上无一不白，白色的制服、白色的帽子、白色的单肩包、白色的自行车，连肤色也偏白。

马力以为在烈日下送信的邮差都有一张黝黑的脸，像包公一样。

"你长得不像邮差。"马力说。

"你的确观察入微，我以前待在医院里。"

"你是医生？"

"不是，我是病人。几个月前医生告诉我时日无多了，我心想还没好好看一下世界就走到终点，未免可惜？于是离开医院投入工作，没想到身体状况反而好转。我猜是每天骑自行车的缘故，毕竟增加了体力及肺活量。"

他不说，马力不会以为这个男人曾经病入膏肓（除了苍白的脸色有点儿不寻常外）。

"你现在还吃药吗？"马力问。

"吃，所以脸色不太好看。我打算以后渐渐少吃，看效果会不会好一些。"

马力很想告诉他吃药好得快，但再想到他离开医院后反倒健康，说不定就是吃药给吃坏的，不是说药都带三分毒性吗？

"祝你早日康复！"马力对他说。

“谢谢！”邮差拿信当扇子挥，“这里怎么突然变热了？上礼拜还冷风飕飕的。”

已经11月份，也该有入冬的样子，但马力无法告诉他眼前的变化乃因马尔星人而起，为的是让居住地更像自己那四季如春的故乡（不过这倒间接证明当葛家人和马力不在时，巫老师又让此地恢复原来的样子）。

“我也不清楚。对了，你手中的信是给谁的？”

“给巫咘咘的，你认识她吗？”

“认识，她是我的老师。”

“原来是老师，我还以为她是教堂的工作人员。”他看了一眼手中的信，“你能把信转交给她吗？”

马力回答没问题，紧接着问有没有马力的信件？

“马力？”他翻看一下白色单肩包，“没有，倒是有葛立的信件，他就住在不远处。”

马力告诉邮差，自己也住在那栋像废弃工厂的屋子里。

"我记住了，如果有你的信件，我一定会投到橡树信箱里。"

葛家屋前有棵橡树，它的腰际曾被啄木鸟啄了个大洞，后来悲伤阿姨把它装饰起来当信箱，不仔细看可能看不出来，但邮差是知道的。

"谢谢！祝你今天送信愉快。"马力说。

"也祝你今天学习愉快。"他答。

第2章·那个人

巫老师来唤马力进去吃饭时，他把信件交给她。

"那个人有没有说什么？"巫老师问。

"那个人？"马力想了想，"噢！妳指邮差。他说天气热，还问我认不认识妳？"

"就这样？"

马力又想一想，才答："他以为妳是教堂的工作人员，没想到是老师。"

此时巫老师问他对"那个人"的看法。

"除了由病人变成邮差的经历颇为传奇外，我看不出他和别人有什么不同。"

"是吗？我感觉他挺特别的，不笑的时候很忧郁；笑起来又很治愈。还有，他的声音特别有磁性，语速也刚刚好。"

马力不记得邮差有没有对他笑，但声音倒是记得，就是很一般的声音。

"世界上有很多邮差，而且流动率还满大的，我以前住的地方一年总要换上几个。"他说。

"真的吗？"巫老师突然眉头深锁，"也许下次我问问他有没有换工作的打算。"

马力心想这未免也太小题大做了，就算"那个人"换工作，日后自会有人顶替上，没什么大不了的。

虽然内心不以为然，但他仍言不由衷地答："也好。"

第3章·白马王子

晚餐桌上，马力问方脸大叔："你今天收到信了吗？"

"收到了，是市政府寄来的，说这里要规划一个大型的动物园，让我们及早搬离。"

这真是突如其来的坏消息！

"我不搬！"叮叮说。

"我也不搬。"咚咚说。

"我……看爸妈怎么决定。"行空说。

方脸大叔和悲伤阿姨互看一眼后，表示他们也不搬。

葛家人全是外星人，不怪他们不了解情况，但马力是地球人，他认为有必要普及一下这里的规定。

"咳、咳、"他刻意清一清喉咙，"是这样的，一旦给了公函，代表这事已经定了，没得商量。"

"建动物园需要土地，既然这块地已经被我买下，就属于我的私人财产，我说了算。"方脸大叔一脸淡定地答。

马力问买地是什么时候的事？

"今天下午一收到信我就联系地主，他本来不想卖，说已经跟市政部门做了口头协议，于是我把价钱往上翻了两翻，他就签字了。"

马力想起每当月圆时都会送金银珠宝来的羊驼，此次离家三、四个月，想必已经攒下不少价格不菲的宝贝，否则拿什么买地？

"这下子市政府的人恐怕要不开心了。"马力有感而发。

"动物本来就不应该被圈养起来，让它们在大自然里奔跑岂不更好？"悲伤阿姨说。

道理马力懂，但动物园好像是每个国家的标配，它是亲子活动的最佳场所。马力还记得小时候跟父母一起参观动物园的情景，那真是一段美好的回忆……

"对了，你怎么知道我今天收到信了？"方脸大叔问马力。

"早上我见到邮差，他告诉我的。"

咚咚立刻插嘴："原来你见到巫老师的白马王子了。"

马力要咚咚别乱说话，不是所有穿白衣服的人都是王子。

"穿白衣服的人的确不一定是王子，但这个是。"

虽然咚咚十分肯定，但马力还是不相信，于是咚咚要他亲自去问当事人。

"我会的，明天一早就问！"马力赌气地答。

第4章·失恋

休息时间一到，马力尾随巫老师来到厨房间。面对质问，后者有点儿招架不住。

"他……他是邮差。"

"咚咚说邮差是妳的白马王子。"

"我……我不知道他是不是王子。"

这个回答很模棱两可，马力决定挑明了问。

"妳喜欢他吗？"

"我当然喜欢他，他不是给我送信来吗？"

如果巫老师的脸颊上没有出现两朵小红花，马力不会对号入座，同时感觉自己被背叛了。

"我长大了也要当邮差，这样就能天天为妳送信。"他赌气地说。

"哈哈！你真可爱，"巫老师弯腰与他碰鼻，"一言为定呦！"

马力想起方脸大叔也曾与他碰鼻，并且解释这是马尔星上代表"一言为定"的行为方式。

如果不是这个相同的动作，马力差点儿忘了巫老师也是外星人，血液是绿色的，吸的还是二氧化碳。

"这下子巫老师恐怕要失恋了。"马力心想。

第5章·寂寞的巫老师

当巫老师把学生都送到教堂外时，方脸大叔的房车已经在那里等候。

"巫老师再见！"

"再见！孩子们。"

马力走了几步，再回头，教堂的门已经关上。

"巫老师是不是承认喜欢邮差？"上车后，咚咚不怀好意地问马力。

"此喜欢非彼喜欢，她说那个人是邮差，给她送信的。"

"这就奇怪了，那她干嘛自己给自己写信？"

巫老师自己给自己写信？马力直呼不可能。

叮叮随即插嘴："巫老师的确自己给自己写信，行空也知道。"

马力立即望向行空，那个小脑袋瓜向下点了点，证实姐姐们的说法。

"可怜的巫老师，她一定很寂寞。"马力心想。

第6章 • 社工二度来访

当地球轴心化为橙色亮光射向天空，并且在地球大气层处形成一个保护膜时，南半球的亚马逊雨林同样也有人为拯救地球做出努力。

叮叮说的没错，马力直觉认为那是他的父母所为。正因如此，想到南美洲一探究竟的欲望就越发强烈，然而葛家人好像事不关己，该吃吃，该喝喝，没人再提起那片雨林以及……他的父母。

"叮咚！"门铃声响起。

这是他们从西藏回来后，第一次有访客。

行空离开饭桌去开门，没多久，他把一对男女带进来。

马力看过那个男的，也看过那个女的，这是他俩二度上门。

"太好了，来了几回都扑了个空，今晚总算在家。"社工哥哥说。

"我们很担心马力的安危，还差点儿报警了呢！"社工姐姐补上一句。

过去几个月，马力和葛家人为了挽救地球使出浑身解数，难怪把"社工会不定时做家访"这件事给忘得一干二净。

"我们去旅行了，全家都去。"方脸大叔解释。

社工哥哥问旅行那么久，马力的学业怎么办？

很少开口的悲伤阿姨开口了，她说一草一木一花一石都是学习的对象，不一定非得坐在课堂里才算学习。

谈话氛围一下子冷掉了，社工姐姐赶紧要他们继续吃饭，借以转移注意力。

当马力和葛家人沉默地吃着饭时，那对男女就在屋子里走来走去，还好今晚吃烧烤，用手抓着吃也不显突兀，否则场面会更加尴尬，脚趾都能抠出个三室两厅来。

"马力，你吃饱了吗？如果吃饱了，我们到屋外走走。"社工姐姐忽然说。

马力求之不得，因为他已经用脚趾抠出了一室一厅。

"我吃饱了，现在就走！"他答。

第7章·依然杳无音信

"马力，你是不是一直用手吃饭？"社工姐姐问完，把录音笔放在他嘴边。

"我……我……今晚吃烧烤，用不上筷子。"

"用不上筷子可以用刀叉，你不觉得烫手吗？"社工哥哥提出疑问。

马力回答他的皮够厚，所以不觉得烫手。

接下来那两人轮番对他拷问，马力小心应对，没露出破绽。

"这里一直都这么热吗？"社工哥哥拿手当扇子挥，"一路上我忙着脱衣。"

"可能纬度不同，所以……"

社工姐姐接着问收养家庭对他好不好？生活上有没有奇怪的地方？

"他们都对我很好，完全没有奇怪的地方。"

社工姐姐很满意他的回答，收了录音笔之后，重申日后若需要帮助，可以拨打求助电话9595，意思是"救我救我"。

"请问……"马力迟疑了一下，最后还是鼓足勇气，"请问有我爸妈的消息吗？"

"抱歉，目前没有。"社工姐姐流露出同情的表情，"不过你放心，一有消息，我们会立刻通知你。"

虽然这是意料中的事，但听在耳里还是挺让马力气馁的。

第8章•奇普

马力进屋时，十只眼睛齐刷刷对准他。

"我说一切正常。"

他一答完，所有人做鸟兽散，方脸大叔进了白色门的房间，悲伤阿姨进了灰色门的房间，双胞胎姐妹则上楼，她们的房门是蓝灰色的。

"走，"行空拉一下马力，"我们也回房。"

"干嘛？"

"学习。"

从西藏回来后，马力好不容易有了几天相对清闲的日子，没想到这家人全是书虫，现在又把学习安排上。

进到墨青色房门的房间后，马力瞪着自己的书桌好一会儿，想不起来该学习什么，只好转头问行空：" 嘿！你在做什么？"

" 我在研究印加帝国。"

" 印加帝国？为什么？"

行空答印加帝国是11世纪至16世纪期间在南美洲建立的君主专制帝国，其政治、军事和文化中心就在秘鲁的库斯科。

" 所以你是研究库斯科？" 马力又问。

" 也不尽然。" 行空推一推他的黑框眼镜，" 库斯科内有两条主要河流，分别为乌鲁班巴河和阿普里马克河，它们是亚马逊河的上游支流。"

" 所以你是研究亚马逊河？为什么？"

行空又推一推他的黑框眼镜，答："我们猜你父母或许就在亚马逊雨林内，那么研究该区域很重要。由于亚马逊河经过的国家太多，我打算先从秘鲁的库斯科研究起，毕竟它是南美洲印加文明的发源地。"

" 我们？意思是你们全家都为了我父母而努力学习？"

"没错，你呢？你在学习什么？"

面对质问，马力感到汗颜，除了猜疑葛家人不关心自己的父母外，他什么也没做。

"我……我正在学习印加人的文字。"马力随便找了个借口。

"噢！原来你在学习奇普。"

马力一头雾水，什么是奇普？看来他真的得好好研究一下。

第9章·咕咕咕

为了搞清楚什么是奇普，马力一头栽进书海里，连行空何时上床睡觉都浑然未觉。

"咕咕咕……咕咕咕……"

听到叫声，马力起身往窗外看去，一个白色的身影在木栅栏和橡树间来回跳跃。

不用猜，是白雪无疑，它已经这么玩了好几天，也不怕叫声吵醒睡梦中的人。

"行空，你就不能管管你的鸡吗？"马力对睡在下铺的男孩说。

行空嘟囔几句，翻个身又沉沉睡去。

自从这只叫"白雪"的母鸡和他们在西藏相遇后，仿佛一个甩不掉的影子，一路跟随他们回家。善心的方脸大叔还为它建造了一个豪华鸡舍，免去它遭受风吹雨打的折磨。

话说回来，这只鸡倒挺自觉的，很少进到屋里来。也难怪，和钢筋水泥的建筑一比，庭院好玩多了，不仅能恣意活动，可吃的东西也不少，像是昆虫、谷类、豆类、草籽、绿叶、嫩枝……等。

马力爬到上铺，刚一躺下，行空即起。

"你去哪里？"马力探头一问。

行空仿佛听不见，打开房门走了出去。

"哎！他又梦游了。"马力心想。

梦游是一种睡眠障碍，听说和患者的精神压抑有关。马力不知道行空的精神有没有被压抑，他倒是被压抑了，很害怕这个室友做出什么出格的事（譬如站在屋顶上或拿起清洁剂猛灌）。

"不管他了，再不睡天就亮了！"马力喃喃道。

半梦半醒间，马力好像听到咕咕咕的叫
声，只是这个叫声有点儿奇怪，不像来
自白雪。

第10章·亚马逊雨林

"孩子们，今天又是朝气蓬勃的一天，你们想先上什么课？"

巫老师一说完，一只手举起。

"马力，你说。"

"能谈谈亚马逊雨林吗？"

"当然可以，不过你为什么对它感兴趣？"

马力还没来得及回答，叮叮抢先一步说出答案。

"谁让妳多嘴？"马力怒目相视。

"难道不是？"

马力的确认为他的父母很可能就藏在亚马逊雨林里，所以急切想知道相关消息，但他不高兴有人先说出答案，要说也得由他来说。

"根据罗盘显示，有人曾在亚马逊雨林为挽救地球做出努力，也……也许那是我的父母，这是目前惟一的可能线索。"马力将叮叮的答案进一步完善。

"原来是亚马逊雨林啊！我还在想南半球大得很，该从何找起？"巫老师对马力微笑，"现在范围缩小了，是好事，不是吗？"

马力感觉巫老师简直是上天派来的天使，总能在他最脆弱无助的时候给予力量，没料到行空很不识相地泼来一盆冷水。

"亚马逊雨林的面积不小，约等同一个澳洲大陆。"他告诉大家。

这是第一次马力憎恨起行空的博学多闻。

"老师又没说亚马逊雨林的面积小，只是说范围缩小了，你怎么就误解了呢？"马力开口护卫。

"我不是那个意思。"行空答。

巫老师赶紧平息这种无谓的争执，转身要叮叮把灯关了。

当灯关上后，很快圣坛后的墙壁亮起，巫老师又使用投影片上课。

"这是亚马逊雨林，它是地球上最大的热带雨林，却不曾有过光辉灿烂的文明，因为这里的土壤松软，不适合大型建筑定基，同时潮湿闷热的天气和密集的物种环境也不适合人类居住。"巫老师连续放映了好几张投影片，"这是当地的蚊子，携带着疟疾和黄热病；这是美洲虎，领地意识很强，一旦闯入，分分钟丧命；这是子弹蚁，如果不经意被它咬上一口，所带来的疼痛就像被子弹击中一样；这是箭毒蛙……这是响尾蛇……这是巴西流浪蜘蛛……这是水蟒……这是短吻鳄……这是电鳗……这是食人鱼……这是……"

光看这些危险信号，想一探究竟的念头就大打折扣。

"妳的意思是只要进到里面就别想活着出来？"马力问。

"不是这样的，"巫老师笑了，"亚马逊雨林里还是有土著部落的存在，每年也吸引着探险家及寻宝者前仆后继而来。"

寻宝者？马力忍不住问这么个破烂地方也有宝贝？

巫老师收起笑脸，很严肃地答："不仅有，据说为数还不少。"

第11章·写生

在巫老师的描述下，马力了解到古印加人非常崇拜太阳神，由于黄金所发出的光泽与太阳的光辉很接近，所以他们特别钟爱黄金，不仅神庙和宫殿都使用了大量黄金，印加人也多佩戴黄金饰物，于是"印加帝国拥有巨量黄金"的传说便不胫而走，引起殖民主义者的觊觎也是显而易见的事。十六世纪初，西班牙殖民军成功攻占了印加帝国的卡哈马卡城，俘虏了当时的皇帝，即使交出一屋子的黄金当赎金，皇帝最后仍被残忍杀害。为了得到更多的黄金，西班牙殖民军转向当时的首都库斯科，本以为可以把印加人历年来聚敛的黄金全收入囊中，结果却大失所望。

"可是……"马力一开口，八只眼睛齐刷刷对准他，"可是我问的是亚马逊雨林，非印加帝国。"

巫老师解释印加帝国的版图虽然主要分布在安地斯山脉，但也包括部分亚马逊河流域，谁也说不好黄金是不是来自雨林深处。

马力问这是什么意思？

巫老师正要回答，教堂外传来声音："巫咘咘的挂号信。"

"来了。"

看着神采飞扬的巫老师飞奔出去，马力的心中很不是滋味。

"嘻！白马王子来了。"说完，咚咚捂着嘴笑。

马力瞪她一眼，但也拿她没办法。

巫老师回来时，除了手中多出一封信外，还包括掩也掩不住的笑意。

"是谁的来信？"马力问。

"一个……朋友。"

"朋友？谁？"

"说了你也不认识。"

这个回答疑云重重，首先，巫老师是外星人，一年多前才和葛家人一同乘坐飞行器来到地球；其次，他们居住在方圆百里无人居住的山间，不排除偶尔有上市集采购日用品的机会，但接触者多为摊贩，莫非摊贩是她的朋友？

"老师，妳是不是又给自己写信了？"叮叮不怀好意地问。

"我……"巫老师红了脸，"哪有？"

"嘻！还寄挂号信，如此一来就能跟白马王子说上几句话。"咚咚补上一刀。

这下子巫老师百口莫辩，恨不得挖个地洞钻进去。

马力虽然生气（他也不清楚气从何来），但不愿见心目中的女神如此狼狈，遂开口转移注意力。

"老师，妳还没回答为什么黄金会来自亚马逊雨林深处。"

"噢！是的，我现在就回答。"巫老师快速转换心情，"由于没找到足够多的黄金，很多流言甚嚣尘上，其中最广为流传的是印加帝国的黄金其实是从亚马逊雨林里的玛若依国运来的，它是帝国的附庸国，虽然小，但那里的黄金堆积如山，又称'黄金国'。于是一支支探险队和数量庞大的寻宝者便纷至沓来，然而他们万万没想到这个广袤无垠的原始森林竟会如此危险，既有猛兽毒蛇，也有食人族部落，每前进一步都代表离死亡更近一些。虽然最终有人发现等同300万美元的翡翠原石，但和逝去的人数一比，根本微不足道，这多少扼止一些激进者的步伐，直到《玛若依国—传说中的黄金国》一书面世，才又掀起寻宝热潮。"

行空问书中都写了些什么？

"这是你们今天的功课，回去好好查一查，明天我们再一起讨论。"巫老师突然话锋一转，"孩子们，室外风和日丽，我们何不到外面写生？"

第12章·谈恋爱

巫老师从来不给作业，可是今日她却安排上了，让马力很不解，不过答案很快就揭晓了。

"巫老师在看她的白马王子。"咚咚压低声音对她的姐姐说。

"真的吗？"叮叮左看右瞧，"人在哪里？"

"那呢！春冬交界处。"

姐妹俩的谈话全进了马力耳朵里，他很气巫老师为了目送邮差，把学生全赶到教堂外写生（虽然画画本身是件挺快乐的事）。

"老师，我不会画。"马力说。

巫老师收回目光，走到马力的画架前，问："你怎么什么也没画？"

"那是因为眼前的一切太诡异了，冷热同时出现，我怕画出来会被人当成疯子。"

"那……那……你等会儿再画吧！"巫老师说。

"何必等会儿？把坏天气赶跑不就好了？"

"可……可是骑车的人就要汗流浃背了。"

马力恍然大悟，原来"白马王子"上山前穿得很臃肿，来到这里却艳阳高照，若脱了衣服，根本无处安放。巫老师为了体贴他，所以成了眼前这么一幅怪异景象（自行车所到之处是冬天，车屁股后却是春天）。

"嘻！老师谈恋爱了。"咚咚捂着嘴笑。

"这不是谈恋爱，是……是善心，为他人着想。"巫老师此地无银三百两地澄清。

马力心想这两人最好别谈恋爱，否则都有苦头吃，因为地球人和外星人相恋前

所未有，可想而知，横在面前的必是重
重的障碍与难关。

第13章·掀起寻宝热潮

晚餐过后，马力先把画到一半的写生给完成，再到地下图书馆找书。

"葛巫，《玛若依国—传说中的黄金国》在哪里？"马力问机器人。

"在叮叮那里。"葛巫答。

马力没想到叮叮的动作如此之快，只好上楼找人，不，找书。

叮叮在听完来意后，表示书给了咚咚。

"不在我这里，"房内的咚咚转过头来，"书被行空拿走了。"

兜转了半天，原来书在马力的房间内，他即刻回房。

"行空，老师指定阅读的书在不在你这儿？"马力一进门就问。

"在，给你！"

马力接过书，同时问他是否全读完了？行空答是。

"这么厚，"马力举起书，"全读完了？"

行空依旧答是。

马力心想外星人果然不一样，换作他，今晚能看完1/3就要谢天谢地了。

隔天，马力顶着黑眼圈上课，巫老师问他怎么了？

"他昨晚熬夜看书，很晚才上床睡觉。"行空代答。

"谁让你多嘴了？"马力怒视室友。

没想到巫老师立即表示应该多留点儿时间给他准备，毕竟地球人的眼睛结构不一样，不能一目百行……

"你们真的能一目百行？"马力睁大眼睛问。

看一大三小点头，他瞬间全明白了，难怪叮叮、咚咚、行空三人能在那么短的时间内快速阅读完毕。

"既然马力那么用心准备，我们先让他讲讲读后感吧！"巫老师说。

要讲读后感，马力认为整本书就是个童话，骗人的。

"咳、咳、"他故意清一清喉咙，"我认为这本书挺……挺有意思的，它描述了一个不存在的王国。试想一下，若这世界真的有全金打造的国家，早被作者洗劫一空并且过起穷奢极侈的生活，哪有时间坐下来写书？"

"原来你没全读完，"行空推一推他的黑框眼镜，"洛桑博士只是目睹而已，当他回头找团队时，不幸迷失在雨林里，最后虽然幸存下来，却再也找不到通往黄金国的道路，即使后来又数度重回雨林，依旧无功而返。晚年时他提笔写下这本书，也算是替这段奇遇留下点儿鸿爪雪泥。"

马力吐了吐舌头，他的确只读到一半，没想到打脸来得这么快，简直丢脸死了！

"马力已经尽力了，我想他会利用时间读完整本书，是不是？"巫老师问马力，眼里尽是柔情。

"会，我会的。"马力点头如捣蒜。

巫老师接着问有谁能介绍一下书中的黄金国？

叮叮第一个回答，她说玛若依国是印加帝国的附庸国，除了不定时奉上黄金外，所使用的律法及信仰的宗教也仿效主子。她认为如果不是骨子里太懦弱，这个国家完全有能力独立起来，免受强国欺压。

"这是以卵击石，"行空不苟同，"虽然玛若依国拥有大量黄金，但人数太少，根本不成气候，只能依附在强国之下。"

咚咚反驳："人数少的问题可以解决，以他们的财力，向外招来骁勇善战的勇士绝非难事，症结出在国王身上，他只顾坐在黄金堆上自满。"

根据书中记载，玛若依国的王宫金碧辉煌，仿佛被某人的金手指一指，所见皆为黄金，宫殿内甚至有黄金雕像、黄金喷泉以及黄金座便器。

"有句话叫'饱暖思淫欲'，如果我是国王，大概也会坐在黄金堆上自满。"马力感叹，"对了，他们的饮用水要怎么解决？听说亚马逊雨林里的河流暗藏杀机，不仅有鳄鱼及食人鱼潜藏着，水还不干净，喝了容易肚疼。”

"原来你不仅没全读完，还跳读。"行空又推一推他的黑框眼镜，"玛若依国人早未雨绸缪，在王宫附近开凿了一个人工湖，除了解决饮水问题外，还做为祭祀之用。每当祭典活动开始，代表又有几吨黄金奉献给太阳神。"

"你的意思是黄金全进了湖底？"马力问。

"书中是这么写的。"

古人一祭祀起来没完没了（不下雨要祭祀，雨下多了也要祭祀；国王选妃要祭祀，妃子生不出小东西也要祭祀），换言之，湖底的黄金数量指不定比地面上的金王宫还要多得多。

"这么一大笔财富如何不动心？难怪洛桑博士的书一面世，马上掀起寻宝热潮。"马力说。

第14章·任务

"老师，"马力举手，随即又放下，因为想起这是小班教学，不需要举手，"洛桑博士为了重回黄金国，曾从圭亚那高原深入到奥里诺科河谷，再沿埃塞奎博河、德梅拉拉河、伯比斯河南下，直至著名的鲁普努尼草原。我感到挺不可思议的，这范围未免也太广了，他不过是旧地重游，至于像无头苍蝇一样乱窜吗？"

此时叮叮和咚咚笑得前仰后合。

"笑什么？"马力好生气，这俩姐妹也太不尊重人了。

"我们笑是因为你真的没仔细阅读，洛桑博士已经在书中承认自己是个大路痴，如果不是因为这个缺陷，也不致于穷极一生都在寻找，最后还抱憾西归。"叮叮解释。

马力感到难为情极了，露馅儿露得这么明显也没那个谁了。

"好了，别说马力了，他已经答应回去好好阅读，我们给他多点儿时间。"善解人意的巫老师又救了马力一回。

此时咚咚突然冒出一句："这是此次的任务吗？"

"是的。"巫老师答。

然后马力听到其他三个孩子同时发出"嗯～"的声音，像在思考什么。

"马力，你加入吗？"巫老师问。

马力已经不是菜鸟，他知道任务代表他们即将又有一次奇妙的旅程，只是他还是有疑问。

"请问此次任务是找到黄金国吗？"他问。

"当然不是，"巫老师笑了，"任务是找到你父母，顺便拜访一下黄金国。"

"既然这样，那我非加入不可。"马力开心地答。

"既然这样，那我非加入不可。"马力开心地答。

第15章·地球破洞

由于今天在课堂上闹了笑话，晚餐过后，马力立即回房间阅读。

"地球破洞？"马力喃喃道。

洛桑博士在他所写的书中曾经提到"地球破洞"，马力感到很新奇。

"嘿！你知道什么是地球破洞吗？"马力问室友。

行空转过头来，答："按地球人的说法就是泄洪口。"

在他的进一步解释中，马力知道泄洪口指的是水库前方的一个水坝，人们通过调节水坝来调节水源，但有些地方条件不够，只能凿一个"井式溢洪道"，这也是"地球破洞"一说的由来，因为它的通道口往往会被暴涨的河水所淹没，人们看不到人造建筑，误以为是地球表面破了个洞，以致于水都流向地底深处。

这个回答让马力兴奋不已，因为洛桑博士曾说自己在抵达黄金国之前看过地球破洞，团队中还有人被"吸"了进去，所以只要找到溢洪道，代表离黄金国不远了，不是吗？

行空表示如果想查找近期的溢洪道并不难，巴西和秘鲁为了发电，正有计划地开发亚马逊河，但《玛若依国—传说中的黄金国》一书完成的时间在16世纪，当时的亚马逊雨林比现在还原生态，根本不会有这种人工装置。

"你的意思是……"

行空推一推他的黑框眼镜，答："我的意思是它真的就是个破洞。"

马力感到迷惑，地球真的有破洞？这也太神奇了！

行空解释这没什么好奇怪的，地心人曾说过地球像个上下有缺口的鬼工球，既然上下都有缺口，其他地方破个小洞算什么？

马力想起的确有这么一回事，虽然是由方脸大叔转述的，但也八九不离十。

"你说沿着地球破洞一直往下，会不会又和地心人打上照面？"马力接着问。

"不清楚，不过这倒提醒我得完成地心人的嘱托。"

"什么嘱托？"

"地心人希望我们呼吁人类停止地下核试验，因为辐射已经影响到他们的正常生活，生出畸形宝宝的比例也增加了，这不是个好现象。"

他不提，马力真的忘了此事，可是该怎么完成？

行空想了想，答："还得开会做决定。"

第16章·麦田怪圈

所有人都到地下图书馆报到，并且在长桌前坐下。

"我正想找个机会和大家谈谈，既然行空提起，择日不如撞日，就今晚了。我们都脑力激荡一下，看看如何完成地心人的嘱托。"方脸大叔说。

大家你看我，我看你，无人发表意见。

"咳、咳、"方脸大叔咳嗽两声，"既然这样，那我先说两句。"

"我认为还是由地球人先发言，毕竟这是他的地盘。"叮叮说。

话一甫歇，十只眼睛齐刷刷对准马力。

"我……我……"马力没想到自己会被点名到，一时不知该说什么好。

当咯咯咯的笑声传来，马力的不安转为愤怒，叮叮是故意让他下不了台，他偏偏不想遂了她的意。

"我建议利用舆论的力量迫使各国政府放弃地下核试验，不，放弃所有的核武器。"他答。

"舆论的力量。"方脸大叔转身在白板上写下这五个字，同时打上问号，"要如何利用舆论的力量？"

马力只想到办法，至于如何执行……他的脑筋还没转得这么快。

"何不邀请地心人现身说法？"咚咚发言。

"那可不成，"悲伤阿姨立刻打回票，"据说地球人还不知有地心人的存在，如果此刻让他们现身，只会引来骚动，未必是好事。"

马力心想何止地心人？一旦有人发现马尔星人早已在地球上生活了一年多，人潮会立刻涌入这个鸟不生蛋的地方，然后像观赏鱼缸里的鱼一样，对外星人品头论足起来。

当葛家人七嘴八舌地讨论，白板上也写满了各种办法时，马力的脑子正运转个不停。

"地球人，你闷不吭声很久了，何不发表一下高见？"

马力愣了一下才意识到自己又被点名了。

"我……麦田怪圈。"

"麦田怪圈？"方脸大叔转身在白板上写下这四个字，同时打上问号，"要如何利用麦田怪圈？等等，什么是麦田怪圈？"

马力解释麦田怪圈是在麦田上通过某种神秘的力量把农作物压平，所产生的几何图案。三十几年来，科学界对怪圈的形成一直存在争议，有人认为那是外星人所为。

"不是马尔星人干的。"悲伤阿姨首先澄清。

"马力没说是马尔星人干的，"方脸大叔持平地说，然后转向马力，"这跟今晚讨论的主题有关吗？"

"有。我们可以在附近的麦田上人为制造出怪圈，通过图案把诉求表达出来。"

马力一说完，葛家人同时发出"嗯～"的声音，似乎在思考什么。

"如果你们认为不可行，那就……"

马力话还没说完，被方脸大叔截了去，他要大家都脑力激荡一下，看压出什么图案最能表达诉求。

为了这个议题，他们又讨论了许久，直到白板上终于绘出大家都认可的图案为止。

第17章·头号粉丝

隔天，休息时间一到，四个孩子立即冲出教堂外。

"哇！麦田怪圈。"叮叮冲口而出。

"跟我们讨论出来的图案一模一样耶！"咚咚说。

"我爸和我妈的动作真快。"行空说。

"还加上了我建议的符号，实在太好了。"马力说。

昨天他们给出了无数个图案，最后采用行空所提议的裂变链式反应图形（当一个中子引铀核裂变时，同时会释放出2～3个中子，如果这些中子再引起其他铀核裂变，就可使裂变反应不断地进行下去）。由于图案有点儿像金字塔造型，为了不被误会，马力建议再加上地球通用的禁止符号，也就是一个圆形外加一条直径。

如今看到众人耗尽脑汁所得来的图案大功告成，四个孩子不禁手舞足蹈起来。

听到欢呼声，巫老师走了出来，问："孩子们，你们在高兴什么？"

叮叮一马当先把前因后果都交待了。

"原来如此，希望有人能及早发现这个麦田怪圈。"巫老师答。

可惜半个月过去了，依然无人发现有这么一个怪圈，马力和葛家人不得不坐下来召开会议。

"怎么办？好像无消无息。"叮叮说。

"也难怪，这方圆百里內的人家都搬走了，也只有邮差偶尔会上山来。"行空答。

"邮差？"马力灵光乍现，"何不让邮差发现？他一发现，马上所有人都知道了。"

大家都认为马力的建议很好，纷纷笑颜逐开，除了悲伤阿姨。

"半个月都过去了，要发现早发现了。我猜这位邮差要不是重度近视，就是少了一根筋。"她说。

邮差没戴眼镜，马力认为他患重度近视的机率微乎其微，至于是不是少一根筋？马力有不同的见解。

"这附近山峦起伏，除非站在制高点俯瞰，否则根本瞧不出山谷处的麦田有任何变化。"他说。

"制高点？"方脸大叔喃喃道，"好，明天一早我就去找找。"

马力要他别麻烦了，教堂后院便是。

其他三个孩子纷纷表示赞同，因为当怪圈完成的第一天，他们站在教堂后院把图看得一清二楚。

"那好，把邮差带到那里去。"悲伤阿姨说。

"不行，得有个名目才行，否则很奇怪。"马力首先反对。

"这何难之有？"咚咚老神在在，"给巫老师寄封挂号信得了。当邮差将信送到，并且获知收信人正在教堂后院时，他肯定会走过去完成任务，如此一来不就发现怪圈了？"

大家都非常满意这样的安排，除了马力（这岂不是替邮差和巫老师制造见面机会？马力一百个不愿意）。

"谁来写这封信？"方脸大叔问大家。

叮叮提名马力。

"为什么是我？"马力问。

"因为你是巫老师的头号粉丝。"咚咚抢答。

第18章·写信

咚咚说马力是巫老师的头号粉丝，这不全对，但至于是什么？他也说不上来，只知道她高兴，他也跟着高兴；她伤心，他也跟着伤心。

如今，写信给老师的工作不期而至地落在马力头上，他亦喜亦忧。喜的是他终于能正大光明地写信给女神；忧的是望着信纸，他的脑袋里却一片空白。

"你想出来该写什么给老师了吗？"行空上床前问马力。

"还没，正伤脑筋呢！"

"何不写祝她天天开心？"

"这不好，没什么新意。"

"那么画张画吧！"

行空的建议让马力眼前一亮，对，画画简单多了。他二话不说，立刻找来画笔。

等画作一完成，马力失望透了，因为怎么看怎么不对劲，很像儿子献花给母亲。

他愤而将画纸揉成一团扔进字纸篓里。

这次小男生被马力画成一个身穿白色燕尾服的清秀男人，果然画面协调多了。

"嘻！这是长大后的我。巫老师，妳一定要等我长大喔！"马力心想，心底冒出无数个幸福的小泡泡。

画好的画被装进白色信封内，马力工工整整地写下教堂地址，至于寄信人的地址，他考虑再三，最后写下：**黄瓜区金丝路66巷6号**（这是他以前和爸妈居住的地方，如果巫老师有心查找，一定会发现信是他寄的，如此一来便能明白他的心意）。

完成这件对马力深具意义的事，他心满意足地上床，然后微笑着走入梦乡。

第19章·羊驼大战母鸡

半夜，马力被咕咕咕的叫声给吵醒了。

"搞什么？还让人睡觉不？"马力抱怨，然后翻了个身。

此时咕咕叫的声音依旧持续着，不同的是马力终于能分辨其中的差异。

"莫非白雪有两副嗓子？"马力边想边从上铺下来。

当他看到下铺空无一人时，不禁好奇行空上哪儿去了？

答案在掀开窗帘后揭晓。

今晚的月色皎洁（这有利观察），马力因此看到在木栅栏间跳上跳下的两个影子，没错，两个。

"行空竟然梦游到屋外去，还化身成为一只鸡。嘻！我非得录下来不可，否则口说无凭。"马力心想。

就在录像的过程中，他依稀闻到熟悉的臭味，而且越来越浓烈，莫非已到了农历十五？

当真的看到那个白色的影子时，马力有"久别重逢"的喜悦，可是这种幸福感并没有维持很久，因为原本应该瞄准橡树信箱的羊驼渎职了，非但没有送出金银珠宝，反而攻击白雪；白雪也不是省油的灯，不仅躲过数发口水弹，还啄了对方好几下。

马力看呆了，除了突来的变化让他手足无措，一旁跳上跳下忙着助威的"鸡"也让他同感震惊。

隔天，行空果然对梦游一事毫无印象，于是马力把录像调出来给他看（当然不包括后来发生的大战及助威活动）。

"天哪！我真的成了一只鸡，实在太丢脸了！"

看室友急得快哭出来，马力立刻将录像删除。

"你真是我的好兄弟！"行空感激地说。

"没事，不过……"

"你说，我绝对知无不言，言无不尽。"

马力的疑问是为什么行空的梦游症在出任务时一次也没发作？

行空推一推他的黑框眼镜，遗憾地表示这个他回答不了，也许旅程中过度劳累，他一直处于深眠状态，所以……

"也就是说浅眠让你梦游了？"马力问。

"或许吧！事实上我并不关心，因为梦游对我而言不构成困扰。"

马力心想他的确没困扰，有困扰的是与他同住的人，时刻得担心他是不是又梦游去了？有没有做出危险动作？这简直是恶梦一场！

吃完早餐，四个孩子上学去。下车前，马力没忘了把信交给方脸大叔，同时问什么时候会寄到？

"两三天？三四天？还真不清楚。"方脸大叔答。

马力心想还好今天是看不到邮差了，他讨厌那个人，虽然那人的样子看起来不具备攻击性。

第20章·克丘亚语

"孩子们，今天又是朝气蓬勃的一天，你们想先上什么课？"

巫老师一说完，马力问："能教教我们亚马逊雨林所使用的土著语吗？"

"你真的给我出了个大难题，"巫老师面有难色，"亚马逊雨林少说也有数十个原始部落，他们与外界几乎没有联系，部落间也少有接触。换言之，土著语不下数十种，我实在无法教你们。"

行空不苟同，他说明明已有土著到大城市生活，并且把城市文明带回到部落，应该有互通的语言才是。

巫老师解释不排除有地理位置接近城市的某些部落已经和外界有了交集，但雨林深处依旧与世隔绝，有些甚至没有过渡到农耕社会，至今仍过着原始的捕鱼及打猎生活。

"那怎么办？到了亚马逊雨林，我们岂不是成了哑巴和聋子？"马力担心地问。

"这个不难解决，再不济也能使用肢体语言。"巫老师停顿了一下，"其实很少有人直接就闯进雨林，通常得事先做好准备，同时打上预防针，因为雨林里的蚊子可凶了，染上疟疾的机率很高。"

马力问这是什么意思？

"我的意思是你父母不会冒冒失失闯入，肯定是先经第三国再深入雨林。众所周知，雨林最吸引人的传说便是黄金国，即曾经的印加帝国附庸国。这样推算下来，我认为第三国是秘鲁的可能性极大，因为印加帝国的首都就在如今的秘鲁城市库斯科。"

"所以我们先到秘鲁再深入雨林，走一遍我父母曾走过的路线？"

"这是个不错的点子，不是吗？也许从中还能获得许多有用的信息。"

叮叮恍然大悟：“原来绕来绕去，最后还得学西班牙语。”

巫老师告诉她，如果不想学秘鲁的官方语言—西班牙语，还可以学印第安原住民所使用的克丘亚语，它同时也是印加帝国的语言。

此话一出，四个孩子纷纷表示想学克丘亚语。

“好的，没问题。”巫老师笑眯眯地答。

第21章·神秘的羊驼

巫老师介绍克丘亚语起源于秘鲁的卡拉尔地区，后来成为印加帝国的官方语言。西班牙入侵南美洲后，天主教教会利用克丘亚语传教，使得该语言使用的地区超出了原来印加帝国的范围，目前通行的国家包括阿根廷、巴西、玻利维亚、智利、哥伦比亚、厄瓜多尔、秘鲁等。

知道克丘亚语能在那么多国家通行，马力松了一口，因为学习一种语言必须投入大量的时间和精力，如果使用的地区过于狭小，未免太不划算。

然而学了一个礼拜的克丘亚语后，马力还是觉得不划算，因为塞音和鼻音太多，让他苦不堪言。不过一件事有两个面，通过语言学习，他还是了解到不少当地文化，同时知道可口可乐Coca 源自克丘亚语的 kuka （古柯，一种可提神的叶子），而德国的运动品牌Puma是克丘亚语中的"美洲狮"。另外，《名侦探柯南》上出现过的酒名 Pisqu也是克丘亚语，意思是"鸟"。

"四这个数字念tawa，对于印第安原住民而言，它是个吉利数字。"巫老师说。

马力感到好新奇，在中国，四是一个不祥的数字，有些建筑甚至没有四楼。

"接下来我将介绍南美洲安第斯山脉的特有哺乳动物。"巫老师打开投影机，放上一张照片，"这是羊驼，念成paqu。它的性情温驯，被广泛用作驮役工具，同时全身上下都是宝，肉可食，毛能织成高级织物，皮还能制成皮衣。"

马力想起每当月圆时都会叼来金银珠宝的羊驼，显然，这里不是安第斯山脉，那么它又是从何而来？难道有人圈养了它？

"老师，羊驼吃什么？"叮叮问。

"羊驼算是不挑食的草食性动物，生玉米、青草、树叶、秸秆、花生……等，什么都吃。"

马力接着问它可有什么特殊习惯？譬如寻找金银珠宝，然后送给经济上有困难的人家。

此话一出，八只眼睛齐刷刷对准马力，那种气氛很诡异，仿佛当他是怪物。

"我……我也就这么一问，不想答可以不答。"马力嚅嚅地说。

没想到巫老师真的就不答了，开始讲起印第安男人的成年礼，虽然內容挺新鲜有趣，但马力心中不免郁郁，因为被忽略的感觉挺不好受的。

第22章·挂号信寄到

今天的午餐依旧是悲伤阿姨准备的三明治，巫老师也依旧和马力交换着吃。能够吃到女神精心准备的盒饭，马力感到好幸福。

"今天阳光明媚，我们应该到室外野餐。"巫老师不无遗憾地说。

其实孩子们也想，但"挂号信"还未寄到，他们可不愿错过机会。

还好开饭后没多久，叮叮的火眼金睛便发现异样，她用她的大眼睛分别向咚咚、行空和马力传递信息。

"老师，我突然想到外面野餐。"咚咚说。

其他三个孩子立即响应。

"可是午餐吃到一半，这……"

看巫老师犹豫，马力立即表示由他负责把野餐垫收起再移到室外。

"对，马力力气大，让他做，我们先到外面等。"叮叮说完，拉起巫老师走向后院，咚咚和行空紧随其后。

马力一收起地上的野餐垫，讨厌的声音便响起。

"巫咘咘的挂号信。"邮差在教堂外喊着。

马力把野餐垫夹在腋下，慢吞吞地走过去开门。

"巫咘咘的挂号信。"穿着白色羽绒服的邮差又说。

"你已经说过了。"马力冷冷地答。

"她在吗？"

"在。"马力认出邮差手中的信，上面有自己的工整字迹，"进来吧！巫老师在后院。"

邮差边用手拭汗边进到教堂内，马力这才留意到他那原本苍白的脸庞因出汗而红润起来，显得更加帅气。

"这山上的天气真热，害我大汗淋漓的。"邮差说。

"老天爷想刮风就刮风，想下雨就下雨，除非有超能力，否则谁也改变不了。"

"超能力？"

"呃……你就当我开玩笑吧！"马力干笑两声，"对了，巫老师已经上了一上午的课，累得很，所以请别和她说太多话。"

"放心，我还有好多信要送，没时间说话。"

"太好了，我带你过去。"马力开心地说。

第23章·少一根筋的邮差

"巫咘咘的挂号信。"

听到声音，巫老师转过身来，当看到"那个人"时，她的眼睛里有星星。

"这是妳的信件，请签收。"邮差说完，递上一支笔。

巫老师签完名，目光落在信封上，喃喃道："这寄信人的地址好奇怪呀！竟然是黄瓜区金丝路。"

邮差的嘴角浮现一抹神秘的微笑。

"你笑什么？"巫老师问。

"我也住在黄瓜区金丝路，这没什么好奇怪的。"

"真的？"

邮差答当然是真的，他已经在那里住了有大半年，房东是一对喜欢吃咖喱的老夫妇，只要一弯进66巷就能闻到浓浓的咖喱味。

"你住66巷？"

"嗯！我住6号，房东住18号，中间虽然隔着几户人家，但那刺鼻的味道依旧穿墙而入。"

马力大呼不妙！原来父母失踪后，他进了福利院，房子当然不续租了，没想到阴错阳差被邮差给租下，更糟糕的是信件的寄信人地址被马力填上自己的旧址，这下子岂不是张冠李戴了？

"咳、咳、"马力故意咳嗽两声，"邮差好像还有好多信要送。"

那男人大梦初醒，答："是的，既然信已送到，我走了。"

结果巫老师唤住他，问他吃了没？

"我带了三明治，待会儿路上吃。"

"你喜欢吃三明治？"

"最主要是制作方便且容易携带，孤家寡人的，一切从简。"

看到邮差转身，马力才想起重要的事。

"哇！好美的麦田啊！"马力大喊一声。

也不知邮差是不是突然耳背，反正他没停下脚步，咚咚不得不追了上去。

"白马王子，你何不欣赏一下这里的美丽风景再走？"

"我赶着送信呢！等等，白马王子？"

"嘻！你不是穿白衣服又骑白色自行车？看起来真的很像白马王子耶！"

邮差说咚咚真爱说笑。

"不想当白马王子，当黑马王子也行。"叮叮迎上前去，"王子殿下，看一下风景要不了两分钟，不会耽误你送信。"

"妳们……"邮差分别看着叮叮和咚咚，样子很错愕，"妳们是双胞胎？"

马力心想还真被悲伤阿姨给料中，这邮差真的少一根筋。

"是不是双胞胎不重要。"马力把邮差拉到最佳观景处，底下的麦田看得一清二楚，"瞧！是不是很美？"

邮差仿佛被点了穴道，半天没动静，马力问他怎么了？

"这是第一次我看到这么美的景色，简直不像人间，谢谢你们的善心。"邮差答。

"还有呢？你难道没发现可疑之处？"

"听你这么一提，我还真发现了。原来山上的天气和山下不同，这里春和景明，山下却依然天寒地冻。"

放走邮差，四个孩子的心情跌落至谷底。反观巫老师，她虽然也沉默下来，却是一副被带走灵魂的模样。

马力有了不祥的预感，也许巫老师真的被奶油小生给迷住了。哎！这个宇宙无敌的傻女人。

第24章·圣母流泪

由于邮差少了一根筋，他们的计划宣告失败，不得不另想办法。

"要不，我们让更多人看到，总不致于每个人都像邮差一样眼盲吧？！"叮叮提议。

"这方圆百里的人家都搬走了，到哪里找人？"咚咚问。

此时机器人葛巫走了过来，问有什么需要帮忙的地方？

马力很想要一杯水喝，但悲伤阿姨已经将葛巫支走。

"既然没人来，我们只好让他们主动上门。"行空接下谈话的棒子。

此话一出，十只眼睛齐刷刷对准这个戴眼镜的男孩。

"我的意思是制造一个诱因。"他附加说明。

"诱因？"方脸大叔转身在白板上写下这两个字，同时打上问号，"要如何制造？"

当葛家人七嘴八舌地讨论，白板上也写满了各种办法时，马力的脑子正运转个不停。

"地球人，你闷不吭声很久了，何不发表一下高见？"

马力愣了一下才意识到自己被点名了。

"我认为最好的办法就是让圣母流泪。"他答。

"什么是圣母？"悲伤阿姨问。

马力解释教堂内的那几尊女性雕像便是圣母。

"原来如此，"叮叮恍然大悟，"圣母是做什么的？"

马力感到很不可思议，问他们是否真的不知道圣母？

五个脑袋瓜同时左右摇摆。

为了介绍圣母玛利亚，马力不得不介绍耶稣；为了介绍耶稣，他又不得不介绍宗教。

"你的意思是圣母和耶稣都有超能力？"行空推一推他的黑框眼镜，"那么这对母子肯定是外星人。"

换作从前，马力铁定会嗤之以鼻，但自从认识马尔星人后，他的底气没了。

"或许吧！但这不是今晚讨论的重点，重点是如果圣母流泪了，代表神迹降临，信徒便会蜂拥而至。只要当中有一人发现麦田怪圈，我们的目的就算达到了。"

马力一说完，葛家人同时发出"嗯～"的声音，似乎在思考什么。

"如果你们认为不可行，那就……"

马力话还没说完，被方脸大叔截了去，他要大家都脑力激荡一下，看如何让圣母流泪。

"不用麻烦了，我自有办法。"行空信心十足地答。

第25章·圣母显灵了

"孩子们，今天又是朝气蓬勃的一天，你们想先上什么课？"

巫老师一说完，马力开口："能讲讲奇普吗？我们现在所学的克丘亚文并不是印加帝国所使用的文字，奇普才是。"

"看来你已经事先做了功课，何不分享你所搜集到的资料？"

马力没想到巫老师会让他当小老师，他也不扭捏，直接开讲。

"奇普是古代印加人的一种结绳记事方法，利用棉线、骆驼毛或羊驼毛在一根棍棒上打结，借以计数或记录历史。虽然中国古代也曾利用绳子来记事，但和大多数的早期文明一样，后来过渡到象形文字或图像，然而印加帝国却止步于奇普。帝国后来被西班牙推翻，现在通行的克丘亚文便是利用西班牙带来的拉丁字所创建的。"

"说得太好了，"巫老师鼓掌，"我不知道自己还能补充什么？"

"可是我依然无法根据绳结来判断印加人想表达什么。"马力说。

巫老师回答若想解开奇普的秘密，恐怕还需要好长一段时间，因为现在尚处于摸索阶段，举凡绳索的大小、长度、颜色、结数、旋转的方向与次数、年代、副绳的数量……等等，都得逐一分析与研究，不过数字倒不难判断，她现在就能教。

在巫老师的手把手指导下，四个孩子都能打出奇普数字结，原理很简单，譬如：8字结代表1，单结代表十位数以上的个数。举个例子，假设一根绳子从上到下依序是4个单结串，5个单结串，末端是3个8字结，这代表数字453。至于0的表达方式便是不打结，直接在结和结的中间留出一个空段便是。

孩子们觉得有趣极了，他们甚至进行比赛，看谁打得快又准。

就在欢乐声中，一个出乎意料的声音响起。

"巫咻咻的挂号信。"

听到熟悉的声音，巫老师冲到教堂门口，速度之快宛如子弹在飞。

"嘻！白马王子又来了。"咚咚说。

马力心想这邮差来得可真勤……不，应该说巫老师为了见上邮差一面，频频写信给自己，这也太藏不住心里事了！

"天哪！圣母竟然流泪了。"

听邮差这么一喊，孩子们立即冲过去。果不其然，教堂入口处左侧的圣母雕像真的泪眼汪汪，不仅如此，空气中还散发出玫瑰的香气。

"这尊圣母也流泪了。"叮叮跑向另一端，像发现新大陆似地嚷嚷起来。

当咚咚喊出最大一尊的圣母雕像也哭了时，马力望向行空，问："你施了什么魔法？"

"嘘～回去再告诉你。"行空神秘地答。

第26章·看海

晚上吃烧烤，马力虽喜欢，但一个礼拜吃四回，似乎太过了。

"听说今天圣母流泪了。"方脸大叔边啃猪排边说，两只手油腻腻的。

"嗯！三尊圣母全落泪了，害教堂淹大水。"叮叮答。

"真的？"悲伤阿姨睁大眼睛问，嘴里的烤肠差点儿掉了出来。

"没错，我们不得不跳到桌上上课。"咚咚接着说。

方脸大叔显然不相信姐妹俩所言，他问马力这可是实情？

马力不好说破，把问题扔给行空，他倒好，直接打脸两个姐姐。

"原来只是泪眼汪汪。"悲伤阿姨松了一口气，"等等，圣母为什么会掉眼泪？"

这也是马力的疑问。

行空推一推他的黑框眼镜，答："我把透明蜡涂抹在圣母的眼睛上，当温度升高，蜡熔化了，很自然便以液体的形态掉落下来，看起来很像流泪。不过这禁不起细敲，因为它是几种高级烷烃的混合物，完全不含泪水的成分。"

"那么玫瑰的味道又是打哪儿来的？"马力问。

"带香味的蜡很容易购得，这非难事。"

马力再一次被行空的睿智所折服，他怎能如此聪明？

"难怪巫老师一整天都精神亢奋，原来是香氛的功劳。"叮叮说。

马力也希望巫老师是因为闻到气味才精神亢奋，而非……看到邮差。

"希望有人能及早发现圣母流泪了。"说完，方脸大叔开始吃烤鱼。

"已经有人发现了，"行空又推一推他的黑框眼镜，"是邮差。"

悲伤阿姨很惊讶邮差这次没少一根筋。

这也是马力不明白之处，邮差不仅第一时间发现，还很激动，只差跟着落泪。

"不管怎样，该做的事都已经做了，现在只能静待事情发展。"方脸大叔转头面向马力，"明天起有五天长假，以前曾答应带你去看海，这次终于能成行。"

马力感动不已，他不过是随口一提，没想到方脸大叔真的记在心里了，不过……

"马尔星人也过圣诞节吗？"马力问。

"什么圣诞节？我们没那个节日。"叮叮说。

方脸大叔紧接着解释五天假期是为了纪念马尔星上的勇士，他们曾为了捍卫星球而和外来物种激战五日，最后大获全胜。

马力在心中笑自己傻，这家人连圣母、耶稣都不认识，怎么可能过圣诞节？

"你们的勇士真勇猛，我很高兴能在这个值得纪念的日子里与你们一同去看大海。"马力答。

第27章·海螺

方脸大叔说最近的海要翻山越岭才能抵达，这正好，可以顺便欣赏沿途风光。

身边的鱼儿在游，

我们的车子也在游。

嘿呦嘿呀嘿呦嘿！

做好准备就出发，

齐心协力你我他。

嘿呦嘿呀嘿呦嘿！

完成任务很重要，

六个人的旅程真奇妙。

嘿呦嘿呀嘿呦嘿！

一路上，他们欢快地唱着歌，心情好不愉快，当看到大海时已是第二天下午。

"马力，这就是你想看的大海。"方脸大叔说。

"是的。"马力贪婪地享受着眼前的一切，"上一次看海还是三年前，我记得当时捡到了一个大海螺，父亲说把海螺放在耳边可以听到海的声音，这是真的，我真的听到了。"

"那是共振现象。"行空推一推他的黑框眼镜，"海螺开口小，内部充满空气，所以极易与外界产生共振，形成所谓大海的声音。"

虽然行空的聪明才智常让马力望尘莫及，但这一次他宁愿行空不解释，因为一旦明白其中原理，所有的美丽幻想也跟着灰飞烟灭。

"那个海螺呢？"叮叮问。

"在家里。"马力答。

"回去后让我瞧瞧。"

马力所谓的"家"指的不是现在的住所，而是他和父母的家，也就是黄瓜区金丝路66巷6号。

这么一提，马力突然很想要回他的海螺，当时走得匆忙，忘了带上。

"不知邮差有没有把它给扔了。"马力发起愁来。

第28章·超能力

他们花了两天的时间来到海边，想当然尔，回去也是两天。换言之，五天的假期削头去尾的，最后只剩一天能待在海边。

"如果我们还在¥#%@星上就好了，想看海就看海，不用这么折腾。"行空不无遗憾地说。

¥#%@星就是马尔星。

马力记起方脸大叔曾描述过的马尔星，那是一个非常小的星球，大概步行半天就能全部走完，但实际面积却比地球还大，原因在于平行空间。只要愿意，任何居住在马尔星上的人都可以随时走入不同的次元……

"我相信我父亲一定会帮你们找到另一个马尔星。"马力说。

本来马力并不太相信自己的父亲是个颇富盛名的天文学家（或者后来的星象学家），但渐渐的也接受了。如今这么冲口而出，除了表明态度外，最主要还是替自己和葛家人打气，只要有希望在，就会有奇迹出现，不是吗？

"速度还得加快一点儿，不然我们的血液就要变成可怕的红色了。"叮叮说。

"什么意思？"

"就是我们会渐渐变成地球人的意思。"咚咚代答。

马力从没想过这个可能性，但……变成地球人不好吗？

葛家人齐摇头，这让马力很气馁，他原以为地球还不坏，没想到会被嫌弃。

"马力，你别多想哈！不是地球不好，而是我们已经适应了马尔星，好比别人的家再舒适也没自己的狗窝好，你说是吧？"

听完方脸大叔的解释，马力释怀了，而接下来悲伤阿姨的话就更让人放心。

"其实绿色血转变成为红色血的过程相当漫长，至少短期內不会，所以大家都不用过度担心。"她说。

马力心想还好短期内他们不会变成地球人，不然寻找父母的工作恐怕要难上加难，毕竟马尔星人身上所具备的超能力还是挺助力的。

第29章•红萝卜三明治

他们夜里才到家，稍微梳洗一下便各自上床。诚如行空所言，只要白天劳累，他会进入深眠状态，半夜就不容易梦游。

听着下铺传来的打鼾声，马力很确信今晚自己也能睡个好觉，即使屋外的咕咕声依旧。

隔天吃完早餐，悲伤阿姨给每个孩子一个袋子，马力感觉自己的袋子轻悠悠的。

"抱歉，孩子们。"悲伤阿姨看起来更加悲伤，"羊驼这个月没送金银珠宝来，我以为路上耽搁了，所以昨晚和今晨又检查了一遍，结果还是没有。为了长远计，从现在起大家都得勒紧裤带过活，直到羊驼恢复正常为止。"

这段话的信息量很大，马力归纳如下：

1、悲伤阿姨不知道羊驼和白雪不和，两人……不，两只动物大打出手，败下阵来的羊驼后来夹着尾巴跑了，忘了接济这家人。

2、葛家人是月光族（每月把钱花光光）。

3、羊驼送金银珠宝来被视为正常，再次证明这只羊驼非一般，可能还是只"假"羊驼，试问这世上有哪只羊驼会做出这么出格的事？

"妈，妳该不会中午让我吃黄瓜三明治吧？！我讨厌黄瓜。"叮叮撅起嘴巴说。

"不，今天是红萝卜三明治，明天才是黄瓜三明治。"悲伤阿姨答。

"天哪！我最讨厌红萝卜。"咚咚说。

悲伤阿姨一副无可奈何的表情。

马力转看行空，问他为什么不抱怨？

"抱怨有用的话，我也会抱怨两句，问题是没用，我又何必浪费口舌。"他答。

马力心想这个瘦小的男孩不仅智商高，情商也高，让他再次佩服得五体投地。

"希望巫老师会喜欢今天的红萝卜三明治。"马力祈祷着。

第30章·祈祷蜡烛

从西藏回来后，马力和巫老师仍然交换午餐吃。那个甜美又善良的女子依旧能猜到马力的心思，有时是黄焖鸡米饭，有时是牛肉饼，又有时是炒乌冬，连鲅鱼水饺也能吃得到。

"你运气好，今天中午不用吃红萝卜三明治。"上车后，行空对马力说。

"只是难为巫老师了，不知她吃不吃得习惯？"马力答。

下车后，当看到立在教堂门口等着迎接他们的巫老师时，马力立即精神百倍，大踏步走上前去。

"这是什么？"马力问。

不知何故，教堂大门上竟然贴了一张大字报，上面写着：上课中，请轻声细语。

"噢！那是友情提示。"巫老师漫不经心地答。

怀着不解的心情，马力进到教堂内。

"孩子们，五天的长假你们是怎么度过的？"巫老师站在圣坛台前问。

四个孩子你一言我一语地争相告知。

"看来你们有一个美好的假期。"

"老师，妳呢？"叮叮问。

"我？"巫老师突然脸红，"我也有一个难忘的假期。"

咚咚说肯定是跟白马王子约会去了。

马力气愤极了，问咚咚能不能别那么花痴？

"我哪里花痴了？巫老师又没否认。"

听咚咚这么一答，马力把目光投向巫老师，心中期待她会否认。

"没有约会。"

当听到这个回答，马力放下心来，同时向咚咚投去胜利的眼神。

"孩子们，开场白说完了，你们想先上什么课？"

巫老师一问完，咚咚抢先开口："能讲讲什么是爱情吗？"

"你真的给我出了个大难题，"巫老师停顿了一会儿，"实话说，我对爱情一知半解，所以无法给出答案，不过最近我在读泰戈尔的诗集，他的爱情诗很美，我们可以一起了解一下。"

马力认为咚咚是故意这么问的，但能不再提邮差毕竟是好事一件，就算听听无聊的诗句也无妨。

"不要不辞而别，我爱。我看望了一夜，现在我脸上睡意重重，只恐我在睡中把你丢失……我以数不清的方式爱你，我的痴心永远为你编织歌之花环。亲爱的，请接受我的奉献……假如我今生无缘遇到你，就让我永远感到恨不相逢，让我念念不忘……如果真是分离的时候，请赐予我最后一吻。往后我会在梦中吟唱着，追寻你远方的踪影……"

· · ·

马力以为巫老师会解释一下这些莫名其妙的句子，但她没有，只是用柔美的声音朗读着，然后时不时感叹其中的意境。

"……你微微地笑着，不同我说什么话，而我觉得，为了这个，我已等待很久，很久了。"

马力以为朗读会继续，可是声音戛然而止。他抬起头来，看见巫老师的双颊绯红，目光锁定某个点。

他转过头去，看到一个穿白色夹克的男人。

"对不起，打扰你们上课了。"邮差说，脸上笑意盈盈的，"我点完祈祷蜡烛就走。"

"没关系，我们的课正好上完。"

马力心想这简直是睁眼说瞎话，什么时候课上完了？但显然巫老师就是这么认定的，同时很好意思地扔下学生，帮着邮差把蜡烛点上。

"嘻！白马王子又来了。"咚咚说。

马力恶狠狠地瞪向她，但无言反驳，因为邮差的确"又"来了，而且这次不是为了公务（送信）而来，让马力很担忧。

等三尊圣母像前都被点上白蜡烛后，邮差走了。

"噢噢！白马王子走了。"咚咚又说。

这次马力选择不看她，大花痴有什么好看的？

"孩子们，我们继续上课……"

巫老师话还没说完，马力颇为不满地质问邮差为什么进来点蜡烛？

"他是虔诚的教徒，自从目睹圣母流泪的神迹后，他天天进来点蜡烛。"

马力被"天天"两个字给气坏了，这代表过去的五天里，巫老师和邮差天天见面。

"该来的人不来，不该来的人却天天来，天理何在？"马力话一说完，教堂涌进了人潮，让他惊讶不已。

第31章·圣灵降临

"不好意思，我们正在上课。"巫老师对人群说。

吵杂声立刻降了分贝，取代的是极其细微的声音，一举手一投足都显得小心翼翼。

"泰戈尔的诗就上到这里，你们还想上什么课？"巫老师问孩子们。

"能上克丘亚语吗？"

马力之所以这么提议是料准了那些大爷大妈们不会对这么晦涩难懂的语言感兴趣，少了关注，他们上起课来才能轻松愉快。

"好的，没问题。"巫老师笑眯眯地答。

语言课结束后，四个孩子尾随巫老师来到厨房间。

"那些人是从哪里冒出来的？"叮叮问。

"世界各地都有，我听说还有人乘坐直升机过来。"巫老师边泡茶边答。

咚咚接着问为什么？

"圣母流泪了呗！这代表圣灵降临，所以他们过来见证神迹，同时许愿。"

原先的计划是引进人潮，人一多，发现麦田怪圈的机率就大大提高了。

"有人发现麦田怪圈吗？"马力问。

"大概没有，信徒通常许完愿就走。"

马力说这不行，得引导他们走到后院才成。

巫老师喝了一口茶水后，答："知道了。"

第32章·正中下怀

上完马力最讨厌的数学课，时针刚好指向12。

"今天阳光明媚，我们到外面野餐吧！"巫老师提议。

大家无异议。

她接着要马力到厨房间取盒饭，放进微波炉内加热三分钟即可。

"好咧！"马力开心地答。

等马力回到后院，巫老师正吃着原本属于他的三明治，一副味同嚼蜡的表情。

"怎么站着？快坐下来吃。"巫老师对他说。

马力坐了下来，边吃边纳闷，因为巫老师准备的不是他想吃的叉烧饭。

过去，巫老师总能次次猜中马力想吃什么，仿佛有心电感应似的，可是这次却失灵了。

"今天的三明治里怎么只有红萝卜？"巫老师边吃边问。

"因为……"叮叮分别看了咚咚和行空一眼，"因为羊驼没送金银珠宝来。"

巫老师停下咀嚼的动作，似乎很震惊，

"妈妈已经检查过了，不会有错的。"咚咚进一步证实。

"也……也许下个月会有。"

行空答最好有，不然他们全家都要挨饿了，包括马力。

由于提到马力，巫老师把注意力投向他，问："你怎么好像没什么胃口？"

"我不喜欢吃苦瓜，也不喜欢吃青椒。"

巫老师又停下咀嚼的动作，似乎很迷惑。

"我知道自己不喜欢什么。"他再次强调。

"也……也许这样的事不会再发生。"

马力心想最好别再发生，一天之中他最期待巫老师准备的午餐，如果连这个愿望也落空，简直是场灾难！

"哇！好美呀！"一个胖女人喊着。

她是第一个走进后院的外人，原因大概是巫老师在大字报上又添加了几个字：教堂后院开放，欢迎参观。

马力不喜欢这个胖女人，刚才上数学课时，她最吵，完全不考虑有学生正在上课。不过此刻马力倒挺喜欢她的，因为她高亢的声音成功引来其他信徒，一个、两个、三个……大家纷纷对着重重山峦发出赞叹声。

"那是什么？天哪！麦田怪圈，我非得拍照下来发到群里不可。"一个秃顶的男人兴奋地说道。。

坐在野餐垫上的一大四小此时发出会心的微笑，他们等的就是这一刻，耶！

第33章·共进午餐

接下来的几天，来教堂的人增多了，但似乎没有激起太大的水花，这让人挺气馁的，不知是哪个环节出了问题。

临近中午，一个讨厌的声音又响起。

"巫咻咻的挂号信。"

看巫老师扔下学生走向邮差，马力没好气地说："早上已经来过一次，他就不能趁送信的时候顺便点蜡烛？简直耽误我们学习。"

"哈！你嫉妒了。"咚咚捂着嘴笑。

"哪有？"马力恼羞成怒，"我是就事论事。"

更让马力气愤的事还在后头，不一会儿，巫老师竟然领着邮差来到孩子们面前，同时宣布："午餐时间已经到了，今天多一个人和我们共进午餐。"

马力认为这是睁眼说瞎话，什么时候午餐时间到了？明明还有十多分钟。

"老师，我们的野餐垫不够大。"马力故意说。

"放心，我还有一个备用的。"巫老师笑眯眯地答。

结果巫老师、邮差、叮叮、咚咚坐在原来的野餐垫上，行空和马力则被派去使用备用的那一个。

"这不公平！"马力气坏了。

行空推一推他的黑框眼镜，答："别生气，这没什么大不了的，邮差又不是天天和我们一起吃饭。"

没想到一语成谶，有了第一次，就有第二次；有了第二次，第三次也就顺理成章了。

马力的愤怒还不止此，现在巫老师几乎完全猜不到他想吃什么，连臭气熏天的咸鱼也安排上，简直让人生无可恋！

这一天，大家刚坐下来用餐没多久，邮差忽然问："你们的三明治怎么这么简单？"

悲伤阿姨准备"简单"三明治已经不是一天两天的事了，邮差却直至今日才发现，坐实他天生就少一根筋。

巫老师解释："农历十五过后，三明治应该会丰富起来。"

"为什么要等到那时候？"邮差又问。

虽然隔着一丈远，但隔壁说了什么话，马力全听在耳里。

"因为没钱。"马力给出答案。

邮差沉默了一会儿后，答："既然这样，以后就由我包办你们的午餐，我反正要吃，不过是举手之劳而已。"

马力认为这简直无耻到了极点，谁想吃他的臭三明治？而且这么答代表他会"天天"过来与他们共进午餐，想起来就令人作恶。

然而持反对意见的却只有马力一人，其他四人皆很开心地接受邮差的好意。

"你们一定会后悔的。"马力心想。

第34章·收买人心

悲伤阿姨听说有人包办午餐，松了一口气，因为她最讨厌做家事。

事情发展成这样让马力颇感无奈，他思忖了半天，得出的结论是邮差之所以发善心，无非可怜他们，一旦这个家没有经济问题，他也就没有借口献爱心了。

"看来扫除障碍的工作还得由我做起。"马力喃喃道。

三天后，当茶几上的闹钟响起，所有人都做鸟兽散之时，马力打开大门走向鸡舍。

"今晚就委屈妳了，明天一早我再放妳出来。"马力对白雪说。

这只被关进笼子里的鸡气坏了，在小小的空间里横冲直撞，咕咕咕的惨叫声不绝于耳。

马力狠心不理会，转身进到屋内。

"白雪怎么了？"行空问。

于是马力把上个月发生的大战一五一十地转告了。

"原来如此，"行空推一推他的黑框眼镜，"我得告诉所有人，否则今晚肯定有爱心人士前去解救白雪。"

隔天吃完早餐，悲伤阿姨给每个孩子一个袋子，马力感觉自己的袋子沉甸甸的。

"孩子们，昨晚羊驼送了一个玉镯子过来，所以这个月我们不需要再勒紧裤带过活了。"悲伤阿姨的表情难得不悲伤。

没想到叮叮、咚咚和行空却唉声叹气的，悲伤阿姨问原由，他们同时表示邮差准备的三明治很美味。

马力大义凛然地说做人得有骨气，不要尽想着占人便宜。

“没错，是不应该利用别人的善心。”

有了方脸大叔的支持，那三个孩子不再言语。

“太好了，这下子邮差没理由再收买人心了。”马力心想。

第35章·马去披去

邮差听说不用包办午餐，很自然地接受了。

"我……我很喜欢你的三明治。"巫老师说。

"那以后我就只准备我俩的午餐。"邮差答。

马力对"我俩"二字很不满，再说，巫老师若吃了邮差准备的三明治，那马力的三明治咋办？

针对马力的疑问，巫老师要他把三明治给吃了，因为浪费粮食很不应该。

马力没想过会是这个结局，不仅没赶走邮差，连带自己最爱的午餐也没了，真是赔了夫人又折兵。

吃完午餐，四个孩子开始做善后工作。

"嘻！白马王子送礼物给巫老师。"咚咚说。

马力转过头去，气得头顶冒烟，那礼物是他的，邮差竟然借花献佛。

"你们在做什么？"马力上前质问。

"邮差说把海螺放在耳边可以听到风的声音。这是真的，我真的听到了。"

"那是共振现象。"马力照搬行空说过的话，"海螺开口小，内部充满空气，所以极易与外界产生共振，形成所谓风的声音。"

邮差倒不介意马力破坏美丽的幻想，反而称赞他的聪明才智。

"少拍马屁！"马力一盆冷水浇下来，"对了，海螺是你的吗？"

"不是，我在家里找到的，应该是以前租客留下的。"

"噢！原来你是小偷。"

面对马力的扣帽子，邮差很困窘。

巫老师适时伸出援手，说："没那么严重啦！如果前租客回来要，邮差肯定会归还，是不是？"

邮差点头如捣蒜。

"那还来！"马力立刻伸出手。

"为什么？"邮差和巫老师同时问。

马力解释他和父母原先就住在黄瓜区金丝路66巷6号，当时走得匆忙，东西没带全。

眼前的男女露出迷惑且惊讶的表情。

马力为了证明自己没说谎，把旧居的屋内摆饰指了出来。

"原来你真的住过那里，太好了，我终于可以把鹦鹉还给你了。"邮差兴奋地说。

马力对鹦鹉完全没印象。

"难道不是你的？奇怪，我搬进去的第二天早上，它就停在窗口上，嘴里重复着马去披去。"

"马去披去？"

"没错，明天我就把鹦鹉带过来。"邮差答。

第36章·心碎的声音

隔天中午，邮差果然带着鹦鹉前来。

"Maqu-Piqu……Maqu-Piqu……Maqu-Piqu……"这只白绿相间的迷你型鹦鹉像复读机一样地重复着。

"什么是马去披去？"叮叮问。

这也是马力百思不得其解的地方，他问行空怎么想？

行空推一推他的黑框眼镜，答："我不知道马去披去是什么意思，但我知道这只可爱鹦鹉的学名叫Forpuscoelestis，主要分布于秘鲁。"

"秘鲁？"马力惊呼，"秘鲁哪里？"

"这就不清楚了。再说，鸟飞来飞去，很难固定在某个地方，好比眼前这只，不也是千里迢迢飞过来的？"

行空的回答让马力眼前一亮，自己的父母肯定去过秘鲁，并且鬼使神差地把鹦鹉送回家通风报信，目的是让马力去解救他们。

叮叮说马力想多了，"马去披去"可以代表任何东西，甚至是鸟的口头禅，好比人类的"哇噻"或"我靠"。

"绝对不是，我有预感，这就是暗号。"马力急得快哭出来，因为害怕好不容易出现的曙光会就此隐去。

巫老师要马力别心急，事情一定会有水落石出的一天。

"Maqu-Piqu......Maqu-Piqu......Maqu-Piqu......"鹦鹉突然又重复说过的话，然后在众人始料未及的情况下展翅高飞。

"怎么飞走了？"说完，邮差急着去追。

可惜来不及了，鹦鹉在空中盘旋一会儿后，转而飞向山谷。

就在大家感到惋惜时，邮差突然喊："看！麦田上有裂变链式反应图形，旁边还有个禁止符号，莫非有人想告诉大家放弃核武？"

巫老师和四个孩子面面相觑，这改变也太快了吧？！

邮差后来解释自己生病前是一名物理老师。

"原来我俩都是老师。"巫老师微笑着说。

"谁说不是呢？"邮差抓抓头，有点儿害臊的样子。

"我俩"二字从女神的口中说出，指的还不是马力，这让马力很受伤，但又能如何？毕竟他还是个未成年人（酒不能喝、车子不能开、婚还不能结），巫老师恐怕不会等他长大。

想至此，他的心仿佛被扔进绞肉机内，已经血肉模糊一片。

第37章·帮倒忙

时光飞逝，转眼已过了清明时节，除了孩子们的学习有明显进步外，巫老师和邮差的感情也日益增长，这可以从两个人的互动中看出。

针对此"不良"现象，马力也曾经想过各种使坏招数，但最后都打消了，原因是他不想让巫老师伤心，爱一个人就是要她开心，不是吗？

"哎呀！你怎么有黑眼圈？昨晚是不是没睡好？"巫老师关心地问邮差。

其实马力也有黑眼圈，昨晚也没睡好，可是巫老师却看不出来。

"嗯！昨晚我熬夜写了一篇文章发在社交网站上，包括Facebook、Line、新浪微博……等，所以今天精神欠佳。"邮差答。

叮叮问他都写了些什么？

"我写了麦田怪圈，还附上照片，同时呼吁停止核武及核试验。"

这下子终于不负地心人所托，只是从发现麦田怪圈到现在，已过去两个多月，此时邮差才想起来要呼吁，再次证明他的确少一根筋。

"你没显示位置吧？！"马力不放心地一问。

邮差答当然没有，他住在黄瓜区金丝路，怎么可能会有麦田？所以他手动更改为教堂。

"哪个教堂？"巫老师颇为震惊地问。

"当然是这个教堂，从后院望出去，麦田怪圈看得一清二楚。"

话甫歇，他们同时听到直升机螺旋桨转动的声音，哒哒哒……哒哒哒……哒哒哒……

"完了！"马力心想。

第38章·记者上门

自从圣母流泪后，教堂涌进了虔诚的信徒，当中也有人发现麦田怪圈，但没有引起太大的关注（大概造假的例子多了，人们已经无感）。然而这次不同，因为有人在网上发表"专业"言论，同时牵扯到已经发展核武器的国家，不容小觑。

" 请问这个麦田怪圈是什么时候开始有的？妳有没有发现任何不寻常之处？"

" 这方圆百里的人家都已经搬走了，教堂也荒废很久，妳是什么时候被主教派到这里工作？"

"听说不久前教堂里的圣母流泪了，怎么现在不流了？"

……

十几支麦克风伸向巫老师，让这个时常笑容满面的女人忘了该怎么笑，还是邮差站出来解围。

"她是老师，不是教堂工作人员。你们应该关心的是怪圈所发出的信号，而不是打扰到不相干的人。"他说。

没想到邮差的挺身而出让自己成为接下来被采访的对象，他倒不扭捏，洋洋洒洒陈述发展核武给世界带来的危害，应该马上停止这种自残行为……

当邮差接受采访时，头顶上的直升机也没闲着，从舱门探出了一个摄像头。

"那是图瑞斯TX-V25 PLUS电影视频摄像机，拍摄的跨越幅度可以达到143°，也就是说接近全景拍摄。"行空说。

马力根本不关心那是什么型号的机子，他只关心这些不速之客何时会离开？

"小朋友，你们是什么时候开始在这里上课？舟车劳顿不累吗？"一支麦克风突然伸过来，吓得四个孩子都躲到巫老师身后。

邮差再次挺身而出，指出孩子们就住在十分钟车程远的地方，不需要舟车劳顿。

这个回答让记者们有了新的采访目标，他们拍完几张照片后，纷纷上车。

"我爸妈肯定会被吓到。"叮叮说。

"我担心的还不止此，记者有打破砂锅问到底的精神，我怕……怕……"巫老师欲言又止。

马力知道巫老师害怕什么，记者们若发现这家人没身份证、没户口，某天就这么凭空出现，岂不乱成一锅粥？

"别害怕，孩子们的父母又不是外星人，记者问完话就会走。"邮差说。

这下子巫老师和孩子们的担心更加重了。

第39章·另一个旅程

方脸大叔和悲伤阿姨果然被突然闯入的记者给吓坏了。

"爸、妈，你们有没有说错什么话？"叮叮问。

方脸大叔想了想，回答应该没有。

"是没说错话，"悲伤阿姨插嘴，"但绿色血可瞒不了人。"

原来方脸大叔不慎被院子里的玫瑰给刺伤了，不巧被眼尖的记者给录像下来。当时虽没发觉有异，但回去倒带重看，难保不发现端倪。

马力问这下子该怎么办？

方脸大叔和悲伤阿姨都沉默了下来。

"今晚&$*%星、@#$&星和¥£€*星会连成一线。"行空忽然说。

这个回答让两个大人眼前一亮，因为在马尔星球上，当三星（&$*%星、@#$&星和¥£€*星）连成一线时，最适合远行。

"孩子的妈，是不是……"

方脸大叔话还没说完，悲伤阿姨直接宣布："大家都回房打包行李，我现在就准备晚餐。"

第40章·前进库斯科

方脸大叔拿着罗盘，往前走几步，再往后退几步。

"罗盘的指针还是转个不停吗？"马力问。

"嗯！也许再等一会儿。"方脸大叔抬起头，"我们先报个数吧！"

像在西藏一样，他们依据年龄大小报数，当马力报完时，却听不到行空的声音。

"行空上哪儿去了？"悲伤阿姨问。

"不知道，刚刚还在。"叮叮答。

话甫歇，他们同时听到脚步声，由上而下。

"行空，是你吗？"马力抬头问。

"是我，"行空现身，肩膀上立着一只鸡，"我不想让白雪单独留下，那样太可怜了。"

马力说鸡未必想跟着一起去。

"它想去……我猜的。"

马力还想阻止鸡上车，但太晚了。

"快！就是现在。"方脸大叔边看罗盘边喊，它的指针已经停下来了，"大家通通上车。"

等车门一关上，方脸大叔立刻发动引擎。没多久，神奇的一幕发生了，水族箱的玻璃墙整面爆破，发出巨大的声响。

当水没至车顶，整辆房车浮了起来，不一会儿的工夫便往"水族箱"开去。

这次除了大嘴琵琶鱼、皇带鱼、红乌贼、带壳的有孔虫类及多不胜数的藻类植物外，马力又看到了很多新鱼种，简直眼花缭乱、目不暇接。

不知过了多久，马力才想起重要的事。

"我们这是去哪个城市？"他问。

"库斯科。它是古印加帝国的首都，应该会有不少线索。"悲伤阿姨答。

方脸大叔紧接着说："孩子们，都系好安全带，车子马上就要起飞了。"

马力感到兴奋极了，心噗通噗通地跳。

第41章·乌鲁班巴河谷

车子进入海洋漩涡黑洞，马力又看到流光溢彩，既五光十色又变化万千。没多久，车子冲出水面，"哐啷"一声，落在河流旁的草地上，吓得四周围的马匹到处乱窜。

待马蹄声停止后，马力问："这是哪里？"

葛家人齐答："库斯科。"

马力以为库斯科好歹曾是印加帝国的首都，不应该如此荒凉才是。

悲伤阿姨答让她去问问，结果一下车便被成群的马匹给团团包围住好不容易才脱身。

"请问……"

车内的八只眼睛齐刷刷对准马力，他感到好有压力。

"请问悲……巫阿姨要怎么问话？听说秘鲁的官方语言是西班牙语，印第安原住民则使用克丘亚语。"

"放心，从西藏回来后，我太太已经花了很多时间和精力在这两种语言上，日常会话应该不成问题。"方脸大叔答。

马力再次被葛家人的好学精神所折服。

等了约莫一个小时，悲伤阿姨才回来，看来牧民们没想象中近。

"这里是乌鲁班巴河谷，古印加文明的农业发源地，又叫圣谷。"她指着一个方向，"沿河往南开约五十公里便能抵达库斯科。"

果不其然，沿路有不少梯田，三三两两的农民正弯腰干活。

虽然天朗气清，沿途的风景也很美，但石头路并不好走。一路颠簸的结果，让孩子们很吃不消，还好在呕吐前，车子开进了库斯科。

“太好了，我还以为这次非吐不可。”叮叮说。

马力把冒出的酸水强压下去，答：“可不是吗？”

由于时差问题，本该上床睡觉的时间，这里却是大白天。方脸大叔问大家是先找个露营地睡下，还是先吃点儿东西？

“吃东西。”四个孩子齐答。

“那好，让我们看看这里有什么好吃的。”方脸大叔答。

第42章·烤豚鼠

悲伤阿姨问路人哪里有好餐厅？得到的答案是武器广场附近有家餐厅叫Kusikuy，烧烤做得挺不错的。于是方脸大叔方向盘一转，将房车往那里开去。

马力猜想葛家人原先的打算是"徒手"吃烧烤，没想到这是家中规中矩的餐厅，意思是谢绝任何"不文明"的行为。

"要不，打包回去吃？"悲伤阿姨问其他五人。

"我想坐在餐厅里吃，哪怕一次也好。"马力小声地答。

自从加入这个家庭，马力从来没在外面的餐厅吃过饭，即便在西藏时也一样，原因在于这家人习惯用手抓东西吃。

“既然这样，那我们进去吃吧！”方脸大叔果断下决定。

这家餐厅的菜单上虽然罗列了很多肉类选择，但服务员推荐烤豚鼠，说是这家的招牌。

既然是招牌，肯定好吃，于是一口气叫了六只。端上来后，他们全傻眼了。

“确定这是烤豚鼠，不是烤乳猪？”叮叮问。

该怎么形容呢？白色长盘上的烤物形似迷你猪，有1/2个手臂长，因为某种奇怪的原因，它被特意打扮过（头上顶着半颗西红柿，嘴里咬着一根胡萝卜，下巴搁在一个烤土豆上，尾巴插上一把生菜，身体两侧各有一根熟玉米）。

正当他们不知如何下口时，服务员走过来把食物给撤了，留下目瞪口呆的六个人。

“马力，你能告诉我们这是怎么一回事吗？”

马力知道方脸大叔之所以问他，乃因他是地球人之故。

“我也不清楚。”马力诚实回答。

还好没多久，食物又重新上桌，这次已分辨不出是豚鼠还是乳猪，因为已经被切成块状，方便客人食用。

"原来刚刚是让我们验明正身。"悲伤阿姨难得说笑。

接下来，当马力准备好接受别人异样的眼光（葛家人没使用过刀叉，肯定出洋相）时，没想到服务员歉然地表示吃其他肉类会提供刀叉，但烤豚鼠例外，这是传统。

哈！正中葛家人下怀。

由于没有使用刀叉所带来的不便，加上豚鼠肉鲜嫩多汁，他们个个吃得眉开眼笑。

"吃饱了吗？"方脸大叔问。

"吃饱了。"孩子们齐答。

"那么上路了。"

虽然此刻艳阳高照，但他们睡意正浓，只想赶紧搭好帐篷，然后美美地睡上一觉，以便精神充沛地迎接明天的太阳。

第43章·羊驼玩偶

库斯科是一个很具历史韵味的城市，除了印加帝国所留下的古迹外，被西班牙殖民主义者引进的巴洛克式建筑也随处可见。

吃过早餐，马力一行人沿着山路往山下走去，过了一个街区，他们来到耶稣会教堂。这个红砖砌成的建筑很宏伟，左右两侧各有一个钟楼，登顶后，从楼顶窗台可以俯瞰整个武器广场及对面的库斯科大教堂。

"听说库斯科大教堂里有一幅秘鲁版的《最后的晚餐》，画中耶稣面前的盘子里装着的是一只烤豚鼠。"马力说。

"什么《最后的晚餐》？"叮叮问。

马力不得不把那个背叛故事讲出来。

"原来耶稣也有心电感应，像巫老师一样。"咚咚说。

虽然马力也曾经怀疑过，但一旦被证实，他还是被惊吓到。

"这个心电感应是全面性的吗？"马力问，害怕他的情愫早被巫老师看穿。

悲伤阿姨回答不清楚，但她知道巫老师只有在不伤大雅的情况下才会做感应，不过也不是每次都成功，谈恋爱时的准确度最低，大概被爱情冲昏了头。

现在马力终于知道为什么近期巫老师老猜不到他想吃什么，原来她真的谈恋爱了，而且不是第一次。

这个新发现让马力很气馁，他理想中的女神乃为他而生，只会对他感兴趣，哎~

午餐过后，他们沿着Triunfo街来到印加古墙和著名的十二边形印加石，这个景点同时也是一条琳琅满目的商品街，所有秘鲁高山地区的特色纪念品都可以在这里买到。

马力用方脸大叔给的钱买了一只羊驼玩偶，这个毛茸茸的小东西让他想起每月送金银珠宝来的"真正"羊驼。

反观其他三个孩子，他们全买吃的。

"笨哪！旅途中多一物不如少一物，很快你就会发现玩偶是个累赘。"叮叮说。

马力也明白其中道理，但他还是买下了。

"马力喜欢就好，别说他了。"方脸大叔转话题，"现在是晚饭时间，你们想吃什么？"

结果"烤豚鼠"再次上榜，马力认为那是由于葛家人可以光明正大用手抓着吃的缘故。

"马力，你不介意吧？！"方脸大叔问。

马力也喜欢这道表皮略带粘性的烧烤，所以回答："当然不介意。"

第44章 • Machu Picchu

由于餐厅就在不远处，他们决定徒步前往，顺便享受一下晚风习来的舒适感。

"Machu-Picchu......Machu-Picchu......Machu-Picchu......" 路旁一位身穿五颜六色传统服饰的男人吆喝着，手里拿着一张放大了的照片。

" Machu Picchu？怎么听起来很耳熟？" 叮叮说。

马力也有同感。

悲伤阿姨和那个男人交谈了几句，然后转告其他人："Machu Picchu是个有名的景点，他正招揽客人加入他们的旅行团，明天早上七点出发。"

方脸大叔表示我们自己有车，开车去就行。

"那人说从库斯科到欧雁台可以自己开车去，但从欧雁台到Machu Picchu就只能搭火车前往，因为沿路的地形太过险峻，加上偶有泥石流，开车不安全。"悲伤阿姨答。

马力已经很久没坐火车了，一听有机会乘坐，立马敲边鼓。

"既然马力想去，我们一时也没有任何线索，不妨到Maqu Piqu瞧瞧。"

咚咚一说完，十只眼睛齐刷刷对准她。

"怎么了？"她一头雾水。

"妳刚才说的是Maqu Piqu。"悲伤阿姨提醒。

咚咚反问难道不是？

"不是，是Machu Picchu才对。"行空推一推他的黑框眼镜，"Maqu Piqu是鹦鹉说的。"

现在马力终于知道为什么一开始会感觉耳熟，原来两者的发音很近似。

"什么鹦鹉？"方脸大叔问。

然后叮叮、咚咚和行空迫不及待地争相告知。

"邮差后来搬进马力的家，那只鹦鹉还千里迢迢从这里飞过去，这实在太凑巧了。"方脸大叔说。

"会不会……"悲伤阿姨欲言又止。

"会不会什么？"四个孩子齐问。

"会不会鹦鹉想表达的是Machu Picchu，但发音有误，所以……"

其他五人恍然大悟，没错，是有这个可能性。

最激动的非马力莫属，他直觉认为冥冥之中有人安排了这一切，目的是让马力顺藤摸瓜找到他的父母。

"既然这样，那我们非上Machu Picchu不可了。"方脸大叔说。

第45章·神秘的羊驼

回到露营地，三个帐篷看起来完好如初，太赞了！不用重新搭建。

马力把新买来的羊驼玩偶放在房车的座椅上，然后下车。

隔天，当马力走出帐篷，发现葛家人全在，但表情怪怪的。

"早！"马力说。

"……早！"只有行空回答，而且慢半拍。

马力问怎么回事？

叮叮答白雪大概、可能、也许不是故意的，要马力别生气。

这个回答很可疑，马力下意识寻找白雪。这一找，他发现那只鸡正啄着一样东西，白色绒毛飞得到处都是。

"白雪在吃什么？"马力问。

"它在吃你昨天买的羊驼玩偶。"咚咚答。

马力一听，气得七窍生烟，要不是行空拦着，他肯定让那只不知好歹的鸡好看！

"你别跟白雪一般见识，也许它天生就和羊驼不和。"行空说。

马力想想也对，不然白雪也不会跟每月送金银珠宝来的"财神爷"斗得你死我活。

"这么说，回去以后我们得看好它，万一羊驼真被它啄死了，我们就等着饿肚子好了。"马力说。

"不用你提醒，谁会不在乎家人的安危呢？"悲伤阿姨答。

马力感到迷惑，问："难道羊驼是你们的家人？"

此话一出，十只眼睛齐刷刷对准马力，那种气氛很诡异，仿佛当他是怪物。

"我……我也就这么一问，不想答可以不答。"马力嚅嚅地说。

没想到悲伤阿姨真的就不答了，开始招呼大家吃早餐，虽然奶酪玉米面团和黑咖啡的组合很不错，但马力心中不免郁郁，因为被忽略的感觉挺不好受的。

第46章·戴眼罩的鸡

Machu Picchu中文译为马丘比丘。

从库斯科到马丘比丘，欧雁台是必经的中转站。由于山路好开，加上遍地都是野花野草和古柯茶树，让人心情无比舒畅，他们忍不住唱起歌来。

身边的鱼儿在游，

我们的车子也在游。

嘿呦嘿呀嘿呦嘿！

做好准备就出发，

齐心协力你我他。

嘿呦嘿呀嘿呦嘿！

完成任务很重要，

六个人的旅程真奇妙。

嘿呦嘿呀嘿呦嘿！

他们一遍又一遍地唱，歌声响彻云霄，直到快抵达欧雁台才停止下来（按照计划，马力一行人会将房车停在此处，然后转乘火车抵达目的地）。

"告诉你们，欧雁台原来是一个将军的名字，由于没有贵族血统，被迫与相爱的公主分隔两地。这里就是原来关押他的驿站，后来便以将军的名字命名。"咚咚介绍。

四个孩子中，咚咚是比较寡言的那一个（而且多半是叮叮的应声虫），但只要涉及爱情，她完全大变样，显得很积极。

"将军爱的公主是不是也叫咚咚？"马力故意问。

"是吗？跟我的名字一样？"

叮叮要自己的妹妹别傻了，马力这是在捉弄她。

听完，咚咚投来怨怼的眼神，马力只好假装看不见。

由于欧雁台曾被曼科王作为与西班牙入侵者抗战的基地，现仍可见当年的宫殿遗址及盖在山顶上的太阳神殿。虽历经千年的风吹雨打，遗迹早已破败，但从断壁残垣中，不难发现曾经的辉煌。

"马力，我发现羊驼玩偶了。你还想要吗？我买给你。"方脸大叔说。

太阳神殿前就是欧雁台的集市，不仅有身穿传统服饰的印第安人在弹奏古琴，同时也聚集了大大小小的摊位。

想到白雪对羊驼恨之入骨，马力打消购买的念头，不过这倒提醒他另一个隐忧。

"羊驼在秘鲁很常见，虽然目前白雪没有造次，但难保接下来它不会攻击无辜。"马力说。

这个担忧不无道理。

"行空，你说怎么办？"方脸大叔问，显然认定那是他的宠物鸡。

行空推一推他的黑框眼镜，答："知道
了，我会让它戴上眼罩。"

第47章·另一个马丘比丘

火车上的乘客无不对白雪行注目礼，它成了名副其实的"当红炸子鸡"。

"你能把它的黑眼罩取下吗？大家都往我们这边瞧。"叮叮说。

"不能，火车上有手拿羊驼玩偶的幼儿。"行空答。

马丘比丘虽是旅游胜地，但并不适合小孩前往，马力不明白他们怎么不去迪士尼乐园？

就在轰隆隆的车轮滚动声中，观光火车缓慢地顺着河岸盘山而行，行程不长，约莫一个半小时就抵达马丘比丘所在的温泉镇。下了火车，他们紧接着乘坐中巴上山，沿途的风景很美，山高云低，密林丛生，偶尔还有山鹰划过天空。

"印加人为什么要把城市盖得这么高？"马力问。

"因为接近太阳呀！"方脸大叔答，"专家普遍认为马丘比丘是印加统治者帕查库蒂为了更好地膜拜太阳及与神交流所建造的。换言之，它是举行宗教仪式的地方。"

马力觉得古人也太迷信了，动不动就拜这拜那，不过也因为"迷信"，所以留下很多古迹。

远远的，他们终于看到有座古城耸立在峭壁上。如果从空中俯瞰，不难发现它的外围是梯田，城内则由一百多个建筑及无数个阶梯所组成（北部多为庄严的宫阙神殿，南部是作坊、居室和公共场所，规划得相当井然有序）。

"这是什么？"马力指着一块奇怪的石头问。

"那是拴日石，其作用是将神圣的太阳留在天上。"行空答。

据说印加人自称太阳之子，对太阳的崇拜无所不在，那么想方设法把太阳"拴"在天上也就不足为奇了。

"这里除了石头，什么都没有。"叮叮泄气地说。

的确，古城内的庙宇、避难所、公园、居住区、水池、沟渠、下水道，监狱、陵墓……等，全用石头建造，除了石头，没别的了。

马力说："来到现场后，我相当确信'坏人'是不会选择这样的地方来软禁我父母，因为人来人往，太不隐秘了。"

听完分析，行空推一推他的黑框眼镜，答："其实马丘比丘不止一个。"

"什么意思？"其他五人齐问。

原来印加帝国灭亡后，民间相传有座神秘的印加古城就藏在秘鲁境内的崇山峻岭中。三百多年间，探险家们争相寻找，皆无功而返，直到1911年才由美国耶鲁大学教授海勒姆找到。由于古城的原始名字已经不可考，所以借用附近的一座山名，称其为马丘比丘。

"也就是说鹦鹉口中的Maqu Piqu很可能是山名，而非古城名。"方脸大叔左看右瞧，发现附近重峦叠嶂，一山接着一山。

"别告诉我，我们要登顶。"行空说，声音是颤抖的。

"亲爱的行空，这次我们恐怕真的要登顶了。"方脸大叔答。

第48章·老山

"马丘"在克丘亚语中代表"老的"，而"比丘"之意是"山"，合起来便是老山；与之相对的是"瓦伊纳比丘"，它作"新山"解。

据说老山比新山高，而古城就夹在两山之间的凹处，远看像一只张开翅膀的山鹰，傲视着底下深达2400米的乌鲁班巴河河谷。

既然古城借用邻近的山名为名，可想而知，眼前比较高的那座便是马丘比丘。

"这座山看起来断崖直壁，我怕有人会爬不上去。"叮叮说。

行空紧接着举手，方脸大叔问他有什么话要说？

"我……我承认自己就是那个爬不上去的人。"他答。

行空体弱，他的回答并不意外，但……

"马力，你怎么也举手？是不是也不想爬？"方脸大叔又问。

马力爬过最高的山不过是他家附近的小山丘，现在一下子要爬那么危险的山，他也害怕，但……

"我不是不想爬，而是想表达一下自己的看法。根据我对父母的了解，他们都不是行动敏捷的人，换言之，如果他们曾被押着上山，至少证明这山不难爬，或者……有其他捷径。"

马力的回答无疑鼓舞了葛家人，尤其是行空。

"如果真如你所言，我倒是可以一试。"这个戴眼镜的男孩答。

第49章·茅草屋

这座老山的主峰目测将近2ooo米，所有想象得到的艰险，在这里全体现了，包括山峰陡峭、深壑幽谷、怪石林立、荆棘丛生……等，更惨的是暴雨猝至，使得前进的脚步更加缓慢。

"不行，这路太湿滑，一不小心就会滚落下去，我们还是先找个地方躲雨吧！"悲伤阿姨说。

"躲哪儿？"叮叮问。

悲伤阿姨环顾四周，接着手指前方："喏！那里有个茅草屋。"

天色渐暗，除了繁茂的植物和倾盆而下的大雨外，马力实在看不清楚别的。既然悲伤阿姨很笃定，大伙儿便往那里走去。

"真的是茅草屋耶！妈的眼睛好厉害。"叮叮说。

"太好了，至少今晚的落脚处有了，省得再找。"咚咚说。

"我还以为要在大雨中过夜，看来我们的运气不错。"行空说。

三个孩子的反应非常真实、自然，但马力想的比较深，他怀疑自己的父母曾住在这个茅草屋里。

"马力，我知道你在想什么，但茅草屋也有可能是供上山采药的原住民住的。"方脸大叔对他说。

是呀！是有这个可能性。

马力虽不满意，但也只能暂时接受这个说法。

进入茅草屋后，方脸大叔要大家报数，行空最小，当他报完，咕咕声响起，原来摘了眼罩的白雪也加入报数。

"太好了，都在。"方脸大叔精神奕奕，"我们把湿衣服都换下，同时升火取暖，病倒了可不好玩。"

火升起来后，身体温暖了，马力心想如果能再来杯热饮就更好了。没想到下一秒，悲伤阿姨便从她的背包里拿出一个折叠式铁片，一番操作下成了铁壶，接着她差叮叮拿着铁壶去屋外取雨水，自己则把硅胶做的压缩杯一一打开，像上回在西藏洞穴里所做的一样。

热茶下肚后，即使屋内下小雨，心情也没那么糟糕了。

"这雨大概一时半会儿不会停，意思是连野果也采不了，我们还是吃压缩饼干充饥吧！"悲伤阿姨说。

大家无异议，连白雪也有一块饼干啄。

吃饱喝足后，方脸大叔要大家席地而睡。

马力找来找去，终于找到一个"比较不湿"的地。此时屋外依旧狂风大作、暴雨如注，他以为今晚必定是个无眠夜，结果一闭上眼睛，疲惫感便飞速向他袭来，再睁眼时，已是第二天清晨。

第50章·钻进地下

"奇怪，人呢？"马力边怀疑边走出茅草屋。

今日阳光明媚、万里晴空，与昨天的狂风暴雨、云迷雾锁比，简直好太多，尤其耳边不时传来鸟儿婉转的歌声，那心情再美不过。

"这只Forpuscoelestis唱的是印第安的曲子，听起来很空灵。"行空忽然现身。

Forpuscoelestis？马力觉得这个名字听起来很耳熟。

行空提醒他，嘴里喊着Maqu Piqu的鹦鹉，其学名便是Forpuscoelestis。

得到答案后，马力开始寻找声音出处，果然在茂密的叶缝间发现好几个白绿相间的迷你身躯。

"看来只要待在这里的时间够长，我也能教会鹦鹉说话或唱歌。"马力转过头去，"你们一大早都上哪儿去了？"

"我们一直待在茅草屋里。"

马力感到很不可思议，莫非他眼瞎了不成？

行空答不是他眼瞎，而是他们一家子全钻进地里去了，多亏白雪帮忙。

"什么意思？"马力问。

原来不过一个晚上的工夫，白雪便把地啄开一个小口，露出里面的铜把手。葛家人见状，合力将小口挖成大口，发现那个铜把手其实连着一扇门。他们想唤醒马力，好一块儿行动，结果怎么唤都唤不醒，只能暂时撇下他，若不是后来悲伤阿姨想起马力，并差行空去唤马力，行空还会待在地底下。

"地底下有什么？"马力问。

"你去了就知道。"行空答。

第51章·赤陶圆盘

马力钻进地下，光线不佳，但仍能看出这是一个约三十平米大的密室，1/4的空间倒是被藜麦杆给占据了。

"昨晚我们若能睡在麦杆上，不知舒服多少倍。"行空对马力说。

这倒是实情。

"你父母在看什么？"马力问。

"他们在麦杆堆里找到一样东西，正在做研究。"

行空不说，马力还以为那对夫妻手中的东西是馕（一种新疆的圆饼）。

"孩子们，你们通通过来，看看这是什么？"方脸大叔喊。

四个孩子凑上前去，发现这是一个直径约25厘米的赤陶圆盘，上面有一些小横杠及圆点。

"这不就是……"行空说。

悲伤阿姨忙将方脸大叔手中的圆盘抢下，表示目前只能先把上面的符号拓印下来，以后再研究，毕竟这个东西易碎又不好携带。

马力问要如何拓印？得到的答案是把木炭的灰涂在圆盘上，再用白布覆盖住，然后轻轻敲打即可。

"这里哪里有木炭？"马力又问。

悲伤阿姨答："昨晚升火，没有烧完的部分冷却后就是木炭。"

于是他们上到地面，一番手忙脚乱后，终于拓印完毕。

"咕咕咕……咕咕咕……咕咕咕……"白雪突然在茅草屋外叫。

"你能管管你的鸡吗？"马力对行空说。

这个瘦小的男孩无奈步出屋外，但很快又退了回来。

"外面有人。"他答。

第52章·初露曙光

他们全冲出去，发现屋外站着一位印第安男人。

传统的印第安男人会穿着牛皮制的小围裙，两腿绑上腿套，身披野牛皮斗篷或披肩，头戴鹰羽冠。如今秘鲁原住民的服饰已经融合了现代元素（譬如以羊毛帽或草帽取代鹰羽冠），不变的是披风，上面缀以斑斓色彩的各类图案，不仅能挡风遮雨，也成为节庆活动时的一抹独特风景线。

然而眼前的男人还是有些许不同，头上戴着附耳扇的毛线帽，腰间坠着小圆镜片，后背背着一个大竹篓，里面装着林林总总的植物（几支毛茸茸的枝桠还露了出来）。

悲伤阿姨走过去和他交谈，回来时面色凝重。

"怎么了？"叮叮首先问。

"这个男人说茅草屋已经空置好几个月，没想到又来人了，上回住的是一对夫妻。"

马力的心喀噔了一下，忙问那对夫妻长什么样？

"男的瘦瘦高高的，女的中等身材，两人的脚上都套着脚环。当时不远处还停着一个金属制的盘状物，已经破损，他猜那是夫妻俩停留在此的原因。"

马力的父亲长得瘦瘦高高的，母亲也是中等身材，但这不足以对号入座。还有，那两人为什么要套上脚环？他的父母可没有这玩意儿。

"信息量太少也太含糊，那人还说了别的吗？"马力又问。

"他表示由于存在语言隔阂，双方不能做有效沟通，不过……"

关键时刻，悲伤阿姨竟然卖起关子，真要急死人了！

"不过什么？"马力问。

"不过那对夫妻曾给他珍贵药材，所以他便答应将鹦鹉带到指定地点。由于看不懂方块字，着实费了他好一番功夫才找到人托运。"

听完，马力哭得上气不接下气，那是喜悦的泪水。

待他平静之后，方脸大叔说："显然你的父母曾经住在这个茅草屋里，我们何不进去再仔细找找？也许能发现更多有用的线索。"

第53章•伊基托斯

他们把地上地下全翻了个遍，除了赤陶圆盘和藜麦杆外，什么都没有。

"不可能会有的，他们早搬光了，留下赤陶圆盘反倒不像他们的作风。"悲伤阿姨说。

她口中的第一个"他们"，马力以为指的是他的父母，但当第二个"他们"出现时，他打消了原来的想法

"妳说的'他们'，指的是谁？"马力问。

悲伤阿姨和方脸大叔快速交换一下眼神后，答："时候不早了，我们赶紧下山吧！沿途就采野果子吃，也许还赶得上搭乘最后一班飞伊基托斯的飞机。"

"伊基托斯？"孩子们齐喊。

"是的。"方脸大叔接棒，"伊基托斯是亚马逊雨林在秘鲁境内的最大城市，由于地形复杂，对外交通完全依靠航空与河运。我们不知马力的父母身处雨林的哪个位置，只能从上游开始找起。"

"那还等什么？"说完，马力背起背包，第一个跨出茅草屋。

第54章·迷雾重重

眼看赶不上最后一班飞机，他们索性待在欧雁台过夜，打算明天一早再从秘鲁首都利马直飞伊基托斯。

半梦半醒间，马力听到隔壁帐篷传来说话的声音。

"他们为什么要抓马力的父母？"这是悲伤阿姨的声音。

"也许一开始真的是为了挽救地球，现在地球安全了，寻找黄金便提上日程，想当初不也是这个理由？"这是方脸大叔的声音。

"什么时候告诉马力？"

"还是缓缓吧！一下子知道太多，我怕那孩子扛不住。"

"除了这个，我还担心那些人要怎么回去？如果回不去，地球岂不遭殃？"

"别想太多，睡吧！"

马力等了一会儿，直到再也听不到说话声，他才相信那对夫妻已经入睡。

他们是入睡了，但马力却睡不着，一连串的问题排山倒海而来。

首先，他的父母为什么戴脚环？还有，既然他们能与印第安人打照面，代表行动自由，为什么不趁机逃跑？其次，马力不相信自己的父母会什么都不做地待在茅草屋内，再怎么也得煮饭吧？！可是屋内却没有任何生活气息，可见临走前被清理过一遍，只留下藜麦杆和赤陶圆盘。前者好理解，乃睡觉的地方，那后者呢？是父母故意留下的暗号吗？其三，什么是金属制的盘状物？为什么会破损？这东西和父母有关吗？其四，虽然茅草屋是父母曾经居住的地方，但不表示后来没再继续往高处移动，但方脸大叔和悲伤阿姨却毅然决然地转移阵地，丝毫没犹豫，这是为什么？其五，这对夫妻明显有事瞒着马力，再看其他三个孩子，他们的反应却很平静，莫非叮叮、咚咚和行空知道些什么？

想至此，马力决定问个明白，目标直指行空。这个男孩很正直，有一说一，找他要答案准没错。

"嘿！行空，"马力推一推身边人，"醒醒呀！"

行空嘟囔几句，转个身又沉沉入睡。

"看来只能另找机会再问，而且得避开方脸大叔和悲伤阿姨，否则行空无法畅所欲言。"马力心想。

第55章·黄金博物馆

利马是世界闻名的无雨城市，一年四季既没有雷鸣电闪，也没有疾风暴雨，至于结冰下雪，那是前所未闻的事，可是谁能想到就在如此万无一失的情况下，飞机竟然延机了。

"没办法，不久前龙卷风袭击孟菲斯，但凡从那个城市起飞的航班全停飞了。"方脸大叔转述航空公司的解释。

"那怎么办？难道在机场空等？"叮叮问。

悲伤阿姨想了想，提议上利马市区转转，四个孩子立刻欢声雷动起来。

"上市区也好，地勤人员说动物必须关在笼子里才能登机，我们可以顺便买个鸡笼子。"方脸大叔说。

来到利马市区后，马力有种"冰火两重天"的奇怪感觉。刚开始以为它很安静，像个与世隔绝的世外桃源，但转个弯又是另一番景象，人们载歌载舞、恣意狂欢，很难想象这是同一个城市。

"孩子们，要不要吃点儿东西？"悲伤阿姨停下脚步问。

马力知道她为什么这么问，因为这条路上停满卖食物的小推车，举凡肉馅卷饼、苹果派、炸土豆、鹌鹑蛋、烤鸡、甜甜圈……等，不一而足。

孩子们当然喊饿，结局便是饱了肚子但脏了手，害他们走了好几个街区才找到水源洗手。

"看！黄金博物馆。"叮叮忽然指着前方一栋黄色的宏伟建筑说。

秘鲁的黄金产量在全世界能进前十大，这个黄金博物馆肯定有看头。

"想看吗？"方脸大叔问。

四个孩子点头如捣蒜。

于是一行人浩浩荡荡地往黄金博物馆前进。

第56章·比尔卡班巴城

白雪被禁止入内，他们只好把它留在博物馆前的草地上。

"白雪，妳乖乖待在这里等我们出来喔！"行空对它说。

这只鸡咕咕咕地叫，像在回应主人的叮嘱。

与其他地区不同，这个黄金博物馆是私人的（可见财力之雄厚），里面收藏了印加文明时期的黄金制品，从盔甲武器到饰品雕像，琳琅满目，有些还镶嵌着珍贵的宝石，工艺之精湛让人叹为观止。

"你们还有什么想问的吗？"导游问。

这位女导游是他们临时雇用的，据说在利马大学主修历史专业，还是来自中国的留学生。

马力举手。

"请说。"导游对他微笑，让他想起千里之外的巫老师。

"请问印加帝国何时灭亡？"马力问。

"一般人会认为是1533年，也就是当13代印加王阿塔瓦尔帕被绞刑之时，但其实西班牙殖民军后来又扶植了14代及15代印加王，只是没料到15代印加王会窝里反，几次率兵与西班牙殖民军开战，最后还夹带数以万计的黄金退到亚马逊雨林中，并在那里建立了新印加帝国，直至1544年，这个帝国才算真正瓦解。"

马力被"数以万计的黄金"所吸引，忙问新印加帝国处于现在的哪个位置？

导游答："这就不清楚了，反正在亚马逊雨林中就是。当初耶鲁大学教授海勒姆发现马丘比丘古城，直到去世，他还坚称那里就是失落的比尔卡班巴城呢！"

原来比尔卡班巴城就是新印加帝国的堡垒，那么它和玛若依国的黄金城堡有任何关联吗？亦或两者就是同一个？

导游露出迷惑的表情，原来她没读过洛桑博士所著的《玛若侬国—传说中的黄金国》一书，当然也不会知道印加帝国在亚马逊雨林里还有个附庸国叫玛若侬国。

"没关系，"行空推一推他的黑框眼镜，"学海无涯，妳回去把书找出来看还来得及。"

第57章·开往巴西的小船

走出博物馆，他们发现白雪不见了，找了半小时也不见踪影。

"算了，别找了，也许它想留在这个城市。"行空说。

马力想起不久前才吃过的烤鸡，这个小男孩的心可真大，难道就不担心自己的宠物鸡成了别人的桌上佳肴？

疑惑归疑惑，马力没提出"警告"，少了一只时不时制造噪音的鸡，也算是好事一件。

回到机场，马力一行人赫然发现他们的航班已经开始登机，不得不以跑百米的速度冲向登机口，还好在机舱门关闭的前一刻赶到，总算有惊无险。

两个小时后，飞机终于抵达科罗内尔·弗朗西斯科国际机场。走出机场，彩霞满天，正是黄昏时分。

事不宜迟，他们赶紧跳上一辆九人座商务出租车，目标直指码头。然而来到码头后却被告知今日已无船可搭，只能明日再来。

"这下子怎么办？"叮叮问。

方脸大叔想了想，答："我们还是回市区找家酒店住下吧！"

一走出码头，他们同时听到"叭"的一声，原来出租车还待在原地。

悲伤阿姨走过去和司机交谈，讲的是西班牙语。

"他说他知道一个本地人常用的小码头，即使夜里也有船出发。"悲伤阿姨转述。

"太好了，大家都上车吧！"方脸大叔催促。

出租车在如同过江之鲫的摩托车车流里穿梭，兜兜转转后，最终停在一个简陋的市场前。

"司机说穿过市场就能看到码头。"悲伤阿姨翻译。

下车后，他们走进已经开了照明的市场内，热情的小贩冲着他们喊"Chinese"，显然把葛家人也归为中国人。

"什么是恰拉匹嗒？"叮叮问，因为其中一个摊主喊的不一样。

马力心想摊子上有烤好的鱼，这不挺明显的？于是回答："是烤鱼的意思。"

没想到悲伤阿姨立即泼来冷水，她解释恰拉匹嗒不是烤鱼，而是烤鱼旁边的蘸酱。

马力感到不解，哪有人这么做生意的？不喊卖什么，却喊蘸酱的名称，这实在太奇怪了！

"恰拉匹嗒好吃吗？"咚咚接着问。

悲伤阿姨答不清楚，还问咚咚是不是想吃恰拉匹嗒？

"我想吃恰拉匹嗒旁边的烤鱼。"她答。

也难怪咚咚会肚饿，原本期待飞机上有餐点供应，结果只得到一包花生米和一瓶水，怎能不肚饿？

在小吃摊前，他们一一接过用芭蕉叶包裹的烤鱼，伴随的还有一个装着恰拉匹嗒的小碟。鱼肉很新鲜，但恰拉匹嗒就不敢恭维了，比朝天椒还辣，马力灌了半瓶水才把那团火给灭了。反观葛家人，个个吃得眉开眼笑，看来外星人的舌头就是不一样。

吃饱喝足后，他们往市场深处走去，果然发现一个繁忙的码头，河面上停满了大大小小的船只，几名苦力正扛着大包小包的货物或成捆的香蕉往船上送。

"Brazil……Brazil……Brazil……"岸边一名船工喊着。

Brazil是巴西之意（众所周知，亚马逊河全长六千多公里，绝大部分都在巴西境内）。

"Brazil?"悲伤阿姨向船工确认。

那人打量他们好一会儿，最后指向最远的那艘小船，怕他们找不着，还很热心地带路。

马力很不喜欢那个人的眼神，飘忽飘忽的，但他没说反对的话，依旧跟着上船。

第58章·揪心

这是一艘可坐10人的舢舨，船夫在船尾撑着一根长竹竿让船前进。

"这得花多久时间才能走完整条亚马逊河？"马力提出疑问。

悲伤阿姨想想也对，于是转头问船夫。

"他说先搭小船再搭大船……我猜是这个意思。"悲伤阿姨转述。

"妳猜？"马力抓到小辫子。

"嗯！因为他说的是艾马拉语，虽然与克丘亚语很接近，但毕竟是两个不同的语系，所以……"

这下子马力有"上了贼船"的不妙感觉。

方脸大叔仿佛有心电感应，他要大家别担心，这水看起来不深，若真有什么就跳船……

行空推一推他的黑框眼镜，问："那我怎么办？"

这个瘦小的男孩不会游泳。

"傻孩子，"方脸大叔摸摸他的头，"你当然由我背。"

就在微微起伏的船板上，两大四小很快入睡，再醒来时已是第二天清晨。

"这是哪里？"马力揉揉惺忪的双眼问。

"亚马逊河上。"行空答。

马力一听，不禁失笑，亚马逊河长得很，当然还在亚马逊河上。

舢舨继续在宽约百米的河道上前行，不同的是昨晚一片漆黑，无法欣赏两岸风光，现在则不同，朦朦胧胧中，他们看到船屋及沿着河岸搭建的木棚或吊脚楼，大概时间尚早，未见人烟。

"快看！河里竟然长出树来。"叮叮指着前方喊。

行空科普那是水下沙洲，乃由泥沙堆积而成，只有在低水位时才会露出，不过从沙洲长出一棵树倒是稀奇。

稀奇的事还不止此，航行没多久，船拐入一条支流，再行不到两百米又拐入另一条更窄的河流，此时茂密的绿植全覆盖在水面上，倒像是船在草丛中划行。

当一截河岸显露出来，同时出现的还包括数名拿着长矛的裸体男人（只用树叶遮住生殖器）时，马力的心揪了起来。

第59章·土著部落

他们上岸后，两个男人在前面领路，另有几人殿后。换言之，他们是被押着前进，而船夫早已不见踪影。

也不知是否故意刁难，这一路很不好走，一会儿杂草丛生，一会儿脚踩泥泞，一会儿又忙着避开满地的树枝和乱石。

相较于马力一行人的气喘吁吁，这些土著脸不红气不喘的，领路的两个人还时不时回头看着他们，仿佛当他们是病人。

走了约莫两个多小时后才抵达部落，他们被带到一个很大的草屋内，目测能容纳百人。

"这是怎么回事？"叮叮压低声音问。

马力也想知道，但显然这道题无解，因为这些土著说的是另一种语言，连悲伤阿姨也无从猜起。不过貌似立即的危险已经解除，因为围观的人并没有攻击他们，反而递上水和用芭蕉叶包裹的烤木薯。

"他们为什么都不穿衣服？还有，男人身上背的是什么？"咚咚边吃边问。

也难怪咚咚会好奇，那些妇女全裸露上身，只在腰间系上草裙；男人更夸张，穿的是用树叶制成的丁字裤。

行空推一推他的黑框眼镜，答："虽然雨林很热，但不穿衣服好像与信仰有关，至于男人身上背的……我猜应该是吹箭筒，筒里的箭都被涂上毒液，动物若被射中，很快便四肢僵硬，无法动弹。"

他不解释还好，一解释，马力反倒担心会不会被毒箭射杀？

悲伤阿姨说马力想多了，若要射杀，干嘛还给东西吃？

马力猜测也许土著想将他们養肥了再吃，但终究没开口，毕竟这个说法很危言耸听。

当围观的人群渐渐退去后，叮叮提议趁机逃跑。方脸大叔说这个得从长计议，因为他们的体力没土著好，加上不熟悉环境，如果冒然逃跑，被抓回来的机率很高，反而打草惊蛇。

"可是不跑，难道永远待在这里？"咚咚问。

"当然不是，让我看看罗盘怎么说。"

方脸大叔正要把罗盘从包里拿出来，冷不防一个头上戴着羽毛冠的男人走了进来，从气势看，很像酋长。

他的目光扫视了一下，接着说出一长串话，换来一片死寂后，他改用另一种语言，这次悲伤阿姨勉强能接上几句，不过从交流的情况来看，很不乐观。

像酋长的男人走后，大家赶忙问悲伤阿姨怎么回事？

"这位应该是个领导，他只会说一点儿艾马拉语。我猜他的主要意思有两个：一是接我们的大船要五天后才会到，二是他们的某处土地已经寸草不生有好一阵子了，想让我们明天过去瞧瞧，也许能解开疑惑。"

听完，马力大松一口气。

方脸大叔问他怎么了？

"我还以为他们是食人族，想将我们养胖了再吃，看来不是，太好了！"他答。

此时，咯咯咯的笑声响起，又是叮叮和咚咚两姐妹在取笑他。

"妳们别笑马力了，他的担心不无道理，亚马逊雨林里的确有食人族。"悲伤阿姨持平地说，让马力很是感激。

行空问现在怎么办？

方脸大叔说反正大船五天后才会到，我们不妨出外走走。

"万一悲……巫阿姨理解错误怎么办？"马力问。

"那你待在这里好了，别出去。"叮叮很无情地答。

当葛家人陆续离开草屋，只剩下马力一人时，他只好灰溜溜地跟上。

第60章·食人鱼

马力发现部落里的其他草屋比起方才那一个要小很多，而且都很简陋，没窗没门，做饭的厨房甚至连屋顶也没有。

此时，有一户人家的女人正准备升火煮食，见他们走过来，从水池里捞出一条黑底红腹的鱼，扳开它的嘴，那牙齿尖锐无比。

行空推一推他的黑框眼镜，说：“如果我猜的没错，这是食人鱼。”

“你的意思是食人鱼最后被人给吃了？”马力问，笑不可支。

那女人虽然听不懂他们在谈论什么，但伸出自己的左脚，他们同时看到其中一个脚趾头已经没了，这大大提高行空所言的可信度。

接下来，他们到处走动，把部落生活都看在眼里。当土著女人很热心地教悲伤阿姨、叮叮和咚咚把细草编织成绳，再将树叶和干果"镶嵌"其中，做成项链时，方脸大叔、马力和行空走向河边，那里有几个男人正用木棍捕鱼。

他们三人观看一会儿后，土著男人表示他们也可以下水试试，这个显然有趣多了。

当天色渐晚，他们重回大草屋，发现原来"食人鱼"是煮给他们吃的，刹那间心生感动。

"其实不只是吃的，他们把最好的草屋也留给我们住，实在太热情了。"悲伤阿姨说。

"看来明天我们得尽力帮他们查找原因，否则无以回报。"方脸大叔紧接着说。

第61章·白雪回归

亚马逊雨林又被称为"大地之肺"，它为地球提供了将近五分之一的氧气量，还因拥有最丰富的物种而被公认为最神秘的生命王国，但它同时也是世界上最危险的地方，分分钟可能夺人性命。

当酋长将血红色的树叶碾碎成厚厚的糊状物，然后涂抹在自己的脸上及赤裸的皮肤上时，马力一行人全看傻了，因为他成了"血人"的模样。

" @#$&……"酋长说。

" 我猜他要我们也照做，因为这种东西能让皮肤免受阳光和昆虫的侵害，同时也能驱赶邪恶的灵魂。"悲伤阿姨翻译。

"什么是邪恶的灵魂？"叮叮问

"应该是恶鬼吧！"马力答。

他一答完，十只眼睛齐刷刷对准他。

"不会吧？！难道你们的星球上没有鬼？"马力问。

他们全摇头，让马力很诧异（虽然他也没亲眼见过鬼）。

最终，他们还是涂上了红色糊状物，成了一个个的"血人"。

接着酋长带领他们走向雨林深处，那里覆盖着大量的树木，而且非常密集，遮挡住大部分的阳光。别看眼到之处一片阴暗，但走没多久，衣服全湿了，仿佛做了桑拿。

此时，酋长突然停下脚步，手指着一棵树的结瘤处说了一长串话。

"我猜他的意思是这种树瘤经常会有蚁巢，把蚂蚁搓碎涂在身上可以防止雨林中的蚊子滋扰。"悲伤阿姨解释。

听说热带雨林是草药天堂，没想到还能将昆虫当药使，马力感到好神奇。

又走了约莫一公里路，他们终于来到一个无比"明亮"的地方，既没有树，也没有草，光秃秃一片。

" #d%@……" 酋长又说话了。

" 他说自从一对夫妻来此做研究，离开后就成了这副鬼样子。"

一对夫妻？莫非……

" 悲……巫阿姨，妳赶紧问他那对夫妻长什么样子？还有，他们何时来？何时走？做的什么研究？"

悲伤阿姨把艾马拉语说得支离破碎的，也不知酋长听懂了没？不管如何，他倒是回答了，而且还拿石头在寸草不生的土地上画图，画的是两个留着齐肩长发的人，脚上好像有个环。

" 他说那对夫妻是正午的时候来的，何时走不清楚，做什么研究也不知道，只是有一天晚上，整个部落毫无预警地笼罩在强光之下，持续了好几秒钟，他猜与这对夫妻所做的研究有关。" 悲伤阿姨又说。

强光？马力想起去年在西藏，当橙色亮光射出时，有一道紫色亮光也从南方划过天际，两者一起在地球大气层处形成一个保护膜，成功解救了地球。

"听起来很像是我父母，但他没回答大概的月份，也不知时间上有没有吻合？还有，我爸妈都是短发，跟他画的图有出入。"马力说。

叮叮和咚咚听完，笑得前仰后合。马力气炸了，问她们笑什么？

"你以为你父母有机会理发？真要笑死我了！"叮叮答。

马力这才意识到自己犯错误了。

"好了，妳们都别笑了。"悲伤阿姨转而面向马力，"我想酋长不是故意不回答月份，而是他们根本没有日月年的概念，通常就是日出而作，日落而息。"

这下子马力茅塞顿开了。

"咕……咕咕咕……咕咕咕……"

突来的声音让人好生惊讶，冷不防一个白色的影子拍打着翅膀向他们飞来。

"白雪～"马力和葛家人惊呼。

这只鸡在空中盘旋一会儿后，落在行空的肩膀上。

“你的鸡回来了。”马力说。

行空不无骄傲地答：“我知道。”

第62章·事有蹊跷

为了帮酋长解答疑问，他们全蹲下来研究这一片不毛之地。

马力看了半天也瞧不出什么，倒是悲伤阿姨有了答案，她说这片土地的含盐量严重超标，导致植物无法生长。

"悲……巫阿姨，妳怎么知道？"马力问。

"我尝过了呀！死咸死咸的。"

马力再次被打败，他没想到为了寻求真相，有人可以"吃土"。

"是什么人这么没公德心？"叮叮义愤填膺，"这下子该怎么办？"

虽然没有证据证明这是马力的父母所为，但他挺不高兴有人影射他的父母。

"正常人不会无缘无故在土地上洒盐，一定是有原因的，可能被迫，也可能是为了一个更远大的目标。"他说。

行空站在马力这一边，因为想在亚马逊雨林里获得成吨的盐巴可不是易事，光蒸馏河水就是个大工程。

咚咚问莫非河水里有盐？

"当然，亚马逊河最终流入大海，两者相通，而海水的含盐量占3.5%左右。"行空答。

"其实……"方脸大叔停顿了一下，"其实也不一定要如此大费周章……"

"葛立！"悲伤阿姨突然喊自己的老公。

方脸大叔因此不再言语，让马力感觉事有蹊跷。

此时酋长开口了，看样子他等不及想知道答案。

悲伤阿姨用不流利的艾马拉语加以解释，显然酋长没听懂，所以急着回部落。

"既然解开谜团了，我们也跟着一起回去吧！"方脸大叔说。

第63章·粉红色海豚

酋长带领他们回到草屋后，紧接着又召集一批男丁离开。

"他们去哪里？"叮叮问。

"不知道。"悲伤阿姨翻找她的包，"我得休息一下，想喝茶的举手。"

她一问完，四只小手齐刷刷举了起来，可是等茶泡好后，其中一只手的主人却不见了。

"叮叮认为酋长行迹可疑，所以跟过去瞧瞧。"咚咚说。

"这孩子真是的，"悲伤阿姨摇头，"也不怕被雨林里的猛兽给吃了。"

"我这就去找她。"方脸大叔起身。

结果一大一小直到太阳下山才跟着其他土著一起回来。

"他们把河水引进，借以排除土壤中的盐分。"方脸大叔一进屋便解释。

"原来酋长听懂了，可是你和叮叮怎么这时候才回来？"悲伤阿姨问。

叮叮答因为他们与粉红色海豚嬉戏，玩得太开心，所以忘了时间。

粉红色海豚？这也太稀奇了！

"你们会不会看错了？"马力问。

方脸大叔答："不会错的，的确是粉红色，土著还说那是他们的河神，呃……我猜是这个意思。"

许久没科普的行空也加入，他解释这种海豚的学名叫粉红瓶鼻海豚，之所以变成粉红色是因为白化变异，另有一派则认为是广泛摄入蟹类和贝壳的缘故。

看来粉红色海豚真实存在，没亲眼目睹真是可惜！

此时一位赤裸着上身的女性捧来晚餐，芭蕉叶上除了鱼、木薯、芭蕉、棕榈树心外，还多了一个像烤鸡的东西，会不会……

"白雪～"行空大喊。

一个白色的影子飞进草屋內，众人这才松了一口气。

第64章·烤鸡

由于大船还没来，这几天他们也算是过上了雨林土著的生活。

一般人认为土著依靠狩猎捕鱼为生，事实上部分部落也有简单的耕种，只不过不足以裹腹，所以天一亮，这里的男人还得外出捕猎，女人则待在家里做家务，至于孩子们……他们到处嬉戏。

傍晚，当男人捕猎回来，女人会到河边把猎物清洗干净，然后放在炭火上烤，这是当地人获取蛋白质的主要来源。

这一天，马力一行人发现土著孩子们正在玩一种游戏，他们把竹签放进一个细长的竹竿里，用力一吹，可以射很远。

叮叮使用肢体语言成功得到试玩的机会，其他人也小试了一下，包括方脸大叔和悲伤阿姨。

"这射击挺有趣的，不过只能当游戏玩，无法狩猎，因为竹竿太长了，等瞄准好，动物早跑了。"方脸大叔说。

谁知他话一说完，一个黑小孩跑进林子里，再出来时，怀里抱着一只受伤的巨型蛙，看样子是被竹签给射中了。

那名土著孩子很高兴地跑回家去，像中了头彩。

当天中午，土著女人端来午餐，芭蕉叶上的食物没什么太大变化，只是多出了曾经出现过的烤鸡。

"雨林里哪来的鸡？"叮叮边吃边问。

"是呀！好像没见过。"悲伤阿姨附合，"不过这体型看起来似曾相识。"

这只"鸡"跟榴莲差不多大，已经被烤得外焦里嫩，这让马力联想起什么。

"它看起来有点儿……有点儿像黑小孩怀里的蛙。"

马力一说完，随即死寂一片，紧接着行空"哇"的一声吐出来。他一吐，叮叮和咚咚也跟着吐，方脸大叔和悲伤阿姨则露出恶心的表情。

若问戳破窗户纸有什么好处？那就是"鸡"现在归马力一个人独享，他吃得不亦乐乎。

第65章·密码

今天是第五天，也就是换乘大船的日子。

一大早，土著女人端来早餐，芭蕉叶上有烤玉米和烤土豆，喝的是从牛奶树树干上截取而来的汁液，它的气味很难闻，但喝起来跟真的牛奶一样。

第一个发现异样的是叮叮，她说芭蕉叶怪怪的。

听她这么一提，大家把目光放在那片布满食物残渣的绿色叶子上。

"这不就是……"行空说。

悲伤阿姨立刻将叶子抢下，答："大家赶紧收拾行李吧！"

马力边收拾行李边问行空："你父母在看什么？"

行空望一眼自己的父母，答："他们在研究密码。"

"密码？什么密码？"

"芭蕉叶上刻的是密码，跟赤陶圆盘上的应属于同一类，只是这密码和我们原来星球上使用的不一样，也不知是打哪儿来的。"

马力想起来了，他们曾在马丘比丘老山上的茅草屋里发现一个圆盘子，上面的符号也是横杠加圆点。

他放下行李，走向方脸大叔和悲伤阿姨，问："你们研究出什么了吗？"

"目前没有。"

"那么何不问问这芭蕉叶是从哪里来的？"

这句话仿佛醍醐灌顶。

"没错，我们这就去问问。"方脸大叔兴奋地说。

第66章·重返旧地

土著女人显得很慌张，她以为自己做错事了，等酋长一到，她才安静下来。

经过很长一段时间的沟通才了解一些大概，原来女人的丈夫曾跟着酋长去冲刷盐土，当休息时间一到，他坐在芭蕉树下乘凉，偶然发现树干上有一些刻痕，觉得挺有意思的，于是把它复制下来，谁知道叶子后来被自己的老婆拿去使用了。

马力还记得那片寸草不生的土地，只是没料到附近还暗藏玄机。

"我认为有必要再回去一趟。"马力说。

叮叮不苟同，因为大船马上就要来了。

"拜托！"马力分别看着方脸大叔和悲伤阿姨。

那两人交换一下眼神后，决定重返旧地。

"这下子不知还要等多久才能登船！"叮叮埋怨。

然而错过上船机会换来的却是大失所望，因为除了树干上留下的"原稿"外，再无其他。

"我就说别回去，你们不听，这下好了，得不偿失。"叮叮嘟着嘴说。

方脸大叔要她别发牢骚了，既来之则安之。

"没错，与其抱怨，倒不如做点儿实际的。"悲伤阿姨取出包里的白布，那上面已有从赤陶圆盘上拓印下来的符号，"让我把上面的东西誊写下来，回去好好研究一番。"

"妳要拿什么写？"咚咚问。

悲伤阿姨左看右瞧，发现脚下有几朵小红花，于是把花瓣摘下来，放在石头上捣碎，再用手指沾着红色汁液书写。

这脑筋转得真快，马力佩服得五体投地。

"好了，"悲伤阿姨举起白布展示，"大功告成了！"

"现在怎么办？回去吗？"行空问。

悲伤阿姨答反正回去也赶不上乘船，倒不如看看粉红色海豚长什么样。

这个主意太好了！

没多久，河边传来嬉笑打闹的声音。直到太阳落山，快乐的六口人才踩着夕阳的余辉走上归途。

第67章·河盗

一回到部落，立刻引起骚动，原来大船已经来到，而且等待良久，这让他们愧疚不已。

负责接驳的依旧是那艘可坐10人的舢舨，只是船夫换上了五天前那个眼神飘忽的码头船工。

这下子马力又有"上了贼船"的不妙感觉。

"原来的船夫呢？"上船后，叮叮压低声音问。

"可能有事不能来，"方脸大叔答，"只要能搭上大船，谁来都一样。"

当初舢舨由宽约百米的河道拐入一条支流，行不到两百米又拐入另一条更窄的河流，最后才来到部落，回去当然反着来，可是目前的方向明显不对，本应该往东南去，却往西北走，眼看越行越远，悲伤阿姨不得不开口询问。

那名站在船尾的人听而不闻，继续撑着长竹竿前进。还好没多久便看见大船的影子，只是它不像渡轮或交通船，更像是一艘渔船。

"这船来得正是时候，否则我要以为遇上河盗了。"马力说。

谁能想到一上大船就风云变色，那几名大汉要他们把身上值钱的东西通通交出来（说的是西班牙语，这难不倒悲伤阿姨）。

"识时务者为俊杰，我们还是给吧！"方脸大叔说。

"河盗们"不敢相信自己的眼睛，因为除了少量现金外，搜刮来的东西都是一些无用之物，譬如罗盘、望远镜、衣物、干粮……等。

其中一名大汉说了一长串话，悲伤阿姨帮着翻译，大意是他们很不满意这个结果，打算绑架他们再勒索。

"勒索谁？我的父母行踪不明，你们的家人也只剩下巫老师一人，她好像没什么钱。"马力说完，方脸大叔和悲伤阿姨快速交换一下眼神。

"不会吧？！难道巫老师很有钱？"马力问。

行空推一推他的黑框眼镜，答："不能这样理解，而是……"

"行空！"悲伤阿姨忽然大喊一声，把在场的人全吓了一跳，"呃！我的意思是……是你的鸡好像怪怪的。"

马力也注意到了，行空肩膀上的白雪此刻仰着脖子，翅膀往后伸去，仿佛随时要做出什么惊人的举动。

忽然，一名男人上前抓住行空，鸡则拍拍翅膀飞走了。

这个突发状况让大家乱成一团，尖叫声四起。

方脸大叔和悲伤阿姨下意识去抢行空，结果马力、叮叮和咚咚又被其他人给抱住。

"救我！"行空喊，他的脚下是潺潺流水。

行空一呼救，叮叮和咚咚不得不停止挣扎，反被两名大汉给压在底下，动弹不得。

"救我！"马力也喊，他没双胞胎姐妹厉害，一开始就被控制住。

见大势已去，方脸大叔和悲伤阿姨也只能服软。然而"哀兵政策"不奏效，眼看就要"人为刀俎，我为鱼肉"，此时白雪出现了，它用尖尖的喙戳这戳那，让这帮大老爷们纷纷抱头鼠窜，最终一一落水。

"快！发动马达。"悲伤阿姨喊。

"好咧！"方脸大叔跳起，转身钻进驾驶室内。

第68章·抢来的船

船行驶了一段距离后，天色渐渐暗下来，马力忽然想起一件事。

"这个方向对吗？"他问。

"没错，是这个方向。"方脸大叔答。

"你没看罗盘，怎么知道？"

"不看罗盘也是可以的，南十字星就在右手边，代表我们正往东行驶。"

马力差点儿忘了还可以观星象判断方向，只是他又有了新的担忧，瞧！这河面黑漆麻乌的，四周又没有灯塔，万一撞上沙洲可怎么办？

方脸大叔很淡定地表示那也只能自求多福了。

马力看了一眼方脸大叔，不确定他是否开玩笑。

"吃饭啰！"悲伤阿姨喊着。

方脸大叔要马力先去吃，吃完好跟他换手开。

"你没开玩笑吧？！"马力兴奋极了，"真让我开？"

"当然。不止你，叮叮、咚咚和行空也要学习，因为凭我一己之力是无法做到24小时都集中精神开船。"

听完，马力立刻冲出驾驶室。他要告诉其他孩子这个大好消息，同时尽快吃完饭，好开始人生的第一次驾船训练。

第69章·动弹不得

驾驶台上装有雷达，卫星导航仪、计程仪及高频通讯设备，当然还有不可或缺的驾驶盘和操作杆。

方脸大叔教导马力如何驾船后，仍孜孜不倦地介绍其他更精细的设备。

"这个是垂直探鱼仪，可以探测渔船下方的鱼群和海底地貌；这个是网情仪，它能检测到网情及鱼情信息，以便合理调整网具；这个是渔用声呐，它是水声探测仪，可以对鱼群进行搜索、跟踪、识别、定位和测距，实现瞄准捕捞；这个是……"

"方……葛叔叔，你还是先把晚餐吃了吧！再不吃就凉了。"马力说。

此时方脸大叔才不再言语。

等他吃完，马力其实已经开得很稳（这比打游戏简单多了）。

"晚餐的鱼煎得好，哪来的？"方脸大叔抹去嘴角的油渍问。

"甲板底下有个储藏室，捕来的鱼都在那里。还有，驾驶室上方晒着鱼干，什么时候想吃都有。"马力答，眼睛仍看着柔弱月光下的水面，一刻也不敢懈怠。

"他们现在在干嘛？"方脸大叔又问。

这个"他们"指的是悲伤阿姨和其他三个孩子。

"在做打扫卫生的工作。对了，能不能问你一个问题？"

"你问。"

眼下只有他和方脸大叔，马力终于逮到解答心中疑惑的机会。

"这个嘛……"方脸大叔听完马力的问题，面有难色，"我们也只是猜测而已，怕你无法接受，所以……"

马力再三保证自己会自我判断，同时控制好情绪，方脸大叔这才全盘托出。哪晓得这孩子听完心一慌，让船往左倾斜，情急之下又拉错操作杆，这下子船只加速撞上左侧沙岸，动弹不得。

"怎么回事？"悲伤阿姨冲进驾驶室问。

马力心怀愧疚地答："是我的错，别怪方……葛叔叔。"

第70章•山穷水尽疑无路

他们曾在马丘比丘老山上的茅草屋里发现一个赤陶圆盘，这给马力带来希望，他认为那个盘子是父母刻意留下的线索，事实上一半可能是对的，另一半则不在马力的认知范围內。

"你的意思是那对夫妻的脚环是被外星人给套上的，目的是时刻能知道他们的行踪。"马力问。

"是的。"

"证据呢？"

"印第安男人曾说有个金属制的盘状物停留在现场附近，已经损坏。我猜那是外星人的交通工具，因为发生故障，所以被迫停留在山上。"

马力认为这个证据很薄弱，以讹传讹的可能性很大，于是方脸大叔给出另一个看似更加可靠的理由，那就是赤陶圆盘里的矽，这是一种经常出现在某星球上的非金属元素，在地球上很少见，可是却大量且完整地保存在盘子里。

"某星球？哪个？"

"记不记得我曾说过的勇士节？马尔星上的勇士为了捍卫星球而与外来物种激战五日，最后大获全胜的故事。告诉你，那个外来物种便是启塔星人，他们来自一个富含矽的星球，当初之所以攻击马尔星就是为了抢夺马尔星球上的黄金，显然，他们现在的目光转移到亚马逊雨林中的黄金城和黄金湖上。"

马力认为外星文明应该不致于为了钱财而发动战争才是。

方脸大叔解释不是为了钱财，而是为了更深一层的目的。

"什么目的？"

"黄金乃一种惰性材料，它不与其他物质发生反应，是绝佳的导电体及红外线能量的反射物。拿黄金制作面板还可以保护飞行器不受大气层的侵害，好处多多。"

马力问既然这样，启塔星人自行寻找就可以，为什么要控制那对夫妻？

"一开始可能为了解救地球……呃！说是保护黄金也许更贴切。现在则希望那对夫妻帮着寻找黄金，毕竟他们是外来物种，对地球还很陌生。"

"如果发现黄金，那对夫妻是否就能重获自由？"

"这真不好说，为了保密，杀人灭口也是可能的。"

正因为这个回答，马力一失神，让渔船搁浅在沙岸上，成了罪人一位。

听完来龙去脉，悲伤阿姨向方脸大叔埋怨："这只是猜测而已，你怎么就告诉马力了？何况赤陶圆盘上的符号并不是外星符号，更像是地球人会使用的代码。"

代码？这让马力想起侦探小说中常提到的摩斯密码。如果真的是，赤陶圆盘既告诉搜寻的人盘里有非地球元素，还提醒人们去破解密码，这很像科学家会有的思路。

行空听完马力的分析，表示只要有密码对照表，不难解开那些符号。

"就是没有才糟糕呀！"马力无力地说。

这个回答让大家又陷入困境之中，顿时鸦雀无声。

第71章·巴西警察

"时间不早了，我们还是睡下吧！"方脸大叔说。

"睡哪儿？"叮叮问。

这艘渔船搁浅成45度斜角，睡在上面恐怕不会太舒服。

"想睡哪儿就睡哪儿，只要别离船只太远。"悲伤阿姨宣布。

结果四个孩子全下船去。

"看来他们想在河边扎营。"方脸大叔对悲伤阿姨说。

"也罢，我们加入他们吧！"

隔天，马力被吵杂的声音给吵醒。当他张开眼睛时，发现帐篷内只有他一人。

"怎么行空也这么早起？"他边想边迅速爬起。

没想到一走出帐篷，马力即刻被穿制服的人给控制住。

"这是怎么回事？"马力问葛家人。

"不清楚，和他们语言不通。"悲伤阿姨答。

穿制服的人又一一检查帐篷及船只，直到确认没人，才押着他们往树林内走去。

马力害怕极了，这该不会是条不归路吧？！

"咕咕……咕咕咕……"白雪在空中盘旋，叫声不绝于耳，似乎也在担心他们的安危。

此时有人拿起手枪瞄准白雪，行空见状冲了上去，结果被一记拳头给打倒在地。

是可忍孰不可忍？葛家人和马力全加入混战，若不是有人鸣枪示警，这场恶斗还会持续下去。

状况又回到原点，穿制服的人继续押着他们前进，只是白雪不见了，但咕咕咕的叫声历历在耳，从声音判断，应该离他们不远。

当他们走出树林，眼前是一条泥巴路，越走越热闹，不仅人多了起来，卖各种杂物的小摊也出现了。

"这是哪里？还有，他们到底是什么人？"叮叮边走边问。

"我猜这里是巴西，他们是警察。"马力答。

咚咚问他怎么知道？

马力指着前方，说："那栋建筑物看起来很像公家机关，屋顶还插着巴西国旗。再看他们身上穿的制服及佩戴的手枪，应该是警察没错。"

行空推一推他的黑框眼镜，问："警察抓我们干嘛？"

这也是马力的疑问。

第72章•摩斯密码

巴西的官方语言是葡萄牙语，马力和葛家人皆不懂，所以交流起来非常困难，跟"鸡同鸭讲"没两样。还好后来来了一个看起来位阶比较高的人，他会讲西班牙语，这太好了，至少能跟悲伤阿姨沟通。

几分钟后……

"两个礼拜前他们接到报案，说是亚马逊河上有渔船被河盗抢了去，经过核实，正是那艘搁浅的船只，所以怀疑我们是河盗。"悲伤阿姨转述。

"可是……"众人齐说。

"我知道，我解释过了，但他还需要更多证据，所以我说回去找找，也许包里还有登机牌，这足以证明那个时间段我们正身处秘鲁，不可能是河盗。"

马力问如果找不到登机牌呢？

"那也只能自求多福了。"悲伤阿姨答。

走了一段长路，他们终于又回到渔船上，然而即使把包里的东西全翻出来放地上，依旧找不到登机牌。

那名警察把地上的白布拾起，看了好一会儿后，问了几道问题。悲伤阿姨一一作答，接着他作沉思状。

"妈，他问什么？"叮叮首先发言。

"他问上面写什么？我答那些符号是从盘子和树干上拓印及复写下来的，我也不知写的什么。"

"妳何不告诉他可能是摩斯密码？"马力停顿了一下，"我的意思是警察也许懂这个。"

没等悲伤阿姨想好该怎么表达，那名警察说了一长串话，悲伤阿姨的眼睛渐渐亮了起来。

"妈，是不是有线索了？"行空问。

"哈！马力猜得没错，真的是摩斯密码。"悲伤阿姨兴奋地答。

"哈！马力猜得没错，真的是摩斯密码。"悲伤阿姨兴奋地答。

第73章·寻找地球破洞

在那名警察的解说下，他们终于知道白布上灰色密码写的是：**马尔、李文和外星生物到此一游**；红色密码写的则是：**地球破洞**。

听到父母的名字，马力哭得上气不接下气。

那名警察一头雾水，悲伤阿姨只好把他拉到一旁解释。

"马力，"方脸大叔拍拍他的肩膀，"这是好事，不是吗？"

接着叮叮、咚咚和行空分别安慰他。

马力擦干眼泪，说："我不哭了，你们说的没错，这是好事，我应该高兴才对。"

警察走后，悲伤阿姨要他们收起帐篷，准备出发。

"去哪儿？"叮叮问。

"去找地球破洞。"悲伤阿姨答。

洛桑博士在他所写的《玛若依国—传说中的黄金国》一书中曾经提到"地球破洞"，如今父母留下的线索中再度提及，可见"地球破洞"与黄金国脱不了干系。

等他们收好帐篷，又将搁浅的渔船推入河中，悲伤阿姨这才表示渔船只能开到马瑙斯，接下来得另找别的交通工具。

"为什么？"马力问。

"这艘船是抢来的，理当归还。警察说他会通知船东接收，地点就在马瑙斯码头。"悲伤阿姨解释。

行空接着问马瑙斯在哪里？

方脸大叔答："那是巴西的河边城市，只要沿河东去，不难发现。"

"那还等什么？"马力首先登船。

第74章·虫洞

当船只的马达开始发动，他们同时听到翅膀拍打空气的声音。

"你的鸡回来了。"马力说。

"我知道。"行空不无骄傲地答。

船上的生活其实挺无聊的，每天除了吃喝拉撒睡及不定时会轮到的驾船工作外，就只剩"远距离"探险了。

"哇噻！这条蛇真长，大概一口气能吞下五个马力。"叮叮说。

听到自己的名字，马力一把抢回望远镜。

"哇噻！蛇鳄大战，精彩精彩！"马力边使用望远镜边说。

"马力，能让我看看吗？"行空问。

于是马力把望远镜交给他。

行空观察过后表示那条蛇叫森蚺，是世界上最长的蛇，与它相斗的是死对头凯门鳄。凯门鳄会捕杀未成年的森蚺，而当森蚺成年后又会反扑杀凯门鳄，两者相互残杀能达到生态平衡，否则亚马逊雨林中的很多生物都会被这两种水中恶霸给灭绝了。

"行空，你怎么什么都知道？"马力甘拜下风。

"我也有不知道的部分，和其他更高级的外星生物比，根本不值一提。"

提到外星生物，马力要他不妨介绍一下他们的长相（当然，马尔星人除外）。

行空表示每个星球上的生物都拥有不同的长相。

"那么就谈谈曾攻击马尔星的启塔星人吧！"马力说。

在行空的描述下，马力终于知道启塔星人的大致长相，他们的左右手各有五根非常细长的手指（比人类的要长上约30%），脚趾之间有蹼，头很大，无一根毛发，上面的血管清晰可见，身高普遍在一米四左右。

"启塔星距离地球多远？"马力接着问。

"它属于冈罟座启塔网状星系，距离地球大概39光年。"

马力感到迷惑，如果以光的速度前进，启塔星人起码要39年才能抵达地球，这……

行空解释宇宙中有虫洞，能连接两个不同的时空。换言之，通过虫洞可以做瞬时的空间转移或时间旅行。

"你说的好深奥啊！"马力皱起眉头。

"理论是比较艰涩，但只要达到那个级别，实行起来并不困难，好比马尔星爆炸后，我们也是一下子就抵达地球，而爆炸后产生的核辐射却要一年后才会到。"

原来如此，马力还以为葛家人搭乘的是超光速飞行器，结果比那个还要先进。

"万一启塔星人成功取得黄金，并且通过虫洞回到他们的星球，会不会一并将我父母带走？"马力又有了另一层担忧。

"这个嘛……"行完推一推他的黑框眼镜，"是有这个可能性，所以我们得赶在前面解救你的父母才行。"

第75章·马瑙斯

不知道行驶了多少天，安静的亚马逊河才又渐渐热闹起来。瞧！小舟、客轮、邮轮、水鸟……等，平添了许多生气。

又往前开了一小段，他们终于看见久违的现代化房子和停泊在河岸的大小船只。

"这是哪里？"马力问。

"根据导航仪，应该就是马瑙斯了。"方脸大叔答。

原来已经到了目的地，按照约定，渔船的船东应该会在码头等他们。

"看！那是什么？"叮叮喊着。

眼前的河水很混浊，一半像黑咖啡，另一半则加了奶。

行空推一推他的黑框眼镜，答："深色的是黑河，浅色的是索里芒斯河，我们正处于两河交界处。"

马力感到好奇妙，怎么会是两种颜色？

行空进一步解释那是由于两条河流的水温、密度和流速不同，以致形成一条明显的边界。这条边界最终会在巨大的漩涡和急流的作用下消失，但那是几公里以外的事了。

看完奇特的景观，他们又发现这里的码头也很奇怪，竟然是浮动的。

方脸大叔介绍这是全世界最长的浮动码头，全长约一千多米，之所以浮动是为了顺应涨落幅度过大的水位。

除了浮动码头，他们还看到浮动商铺及高脚屋，再远一点儿则是跨河大桥。

"看！那又是什么？"叮叮又问。

她指的是一栋橙白双色的葡式建筑，在四周稍嫌破败的景象中显得相当突兀。

"那是海关大楼，我们过去瞧瞧吧！"方脸大叔将渔船减速。

上岸后，他们被一群人给团团包围住。

"他们是这艘渔船上的渔夫，不敢相信被抢走的船又回来了。"悲伤阿姨转述。

方脸大叔问哪位是船东？悲伤阿姨指向一位矮胖的男子。

"糟糕！我该怎么判断船真的是他的？"方脸大叔喃喃道。

叮叮答这简单，问他们河盗长什么样？

然后"横眉怒目"、"杀气腾腾"、"凶神恶煞"、"满脸横肉"、"心狠手辣"……纷纷出笼。

这些答案其实很虚，但方脸大叔接受了，允许他们登船。

"方……葛叔叔，那些人根本没描绘出一个具体的形象，你怎么就……"马力问。

"你没看到他们气愤的样子吗？这就足以证明了。"

是呀！马力打从心底佩服方脸大叔的睿智。

此时的码头很忙碌，来自雨林深处的农副产品正急着被运走，而装满机械、矿

产与电子设备的巨轮则频繁停靠，实在
不宜久留。

"走吧！"悲伤阿姨催促，"看完海关大
楼，我迫不及待想吃顿好的。"

"妈，我不想吃鱼。"行空说。

也难怪他会有此要求，在船上的这几天
，他们天天吃鱼，连身上都带着鱼腥味
。

"当然，"悲伤阿姨转看行空肩膀上的鸡
，"我们只吃四条腿的，对吧？"

白雪咕咕咕地叫，似乎赞同她的答案。

第76章·农贸市场

他们全望着眼前这栋橙白相间的楼房发愣。

"中国人？"一个年轻女孩忽然问。

"不是。"、"是。"。

面对两个截然不同的答案，梳着肮脏辫的女孩露出迷惑的表情。

"我是中国人。"马力挺起胸膛说。

"那就好，"她把眼睛笑成弯月型，"你们看的这一栋是海关大楼，它的一砖一瓦都是从英国运来的，以前还曾起到灯塔的作用。"

马力问她是不是华侨？

"我是华侨第二代，所以普通话还没忘光。对了，我还有个中文名叫黎花，黎明的黎，太阳花的花。"

叮叮遂问黎花："这栋楼开放参观吗？"

她回答："当然。"

于是他们走进海关大楼，发现里面有很多图片及文字介绍，也因此得知16世纪时马瑙斯还只是个小村落，到了1912年就跃居世界橡胶出口量的首位，现在所看到的奢华建筑几乎都是那个富到流油的时期所建造的。然而好景不长，自从橡胶在东南亚种植成功后，马瑙斯便迅速衰退，直到巴西在此设立首个自由贸易港，这个城市才重获新生。

"原来背后还有这么一段故事，难怪我感觉这个城市怪怪的，繁华和破败并存，而码头又忙碌地超乎寻常。"咚咚说。

咚咚一向是叮叮的应声虫，难得发表那么一长段鞭辟入里的感言，让人颇为诧异。

走出海关大楼，没料到黎花还待在原地等他们。

"这里的农贸市场挺有特色的，我可以带你们过去瞧瞧。"她说。

悲伤阿姨问农贸市场有卖吃的吗？她笑眯眯地答："当然有。"

他们一行人走进墨绿色铁艺所建造的农贸市场，里面还维持着百年前的模样，连贩卖的东西也很接地气，譬如亚马逊雨林里的草药、巫术用品、各种不知名的果实与根茎、橙黄色的木薯汁……

"咕咕……咕咕咕……"一位梳着两条乌黑辫子的印第安妇女突然抓住白雪，惹得它咕咕咕地叫。

悲伤阿姨走上前交涉，可惜对方讲的不是克丘亚语，而是另外一种语言（也难怪，分布在美洲的印第安人有上千个族群，语种非常复杂，分属上百个语系）。

"她说这只鸡有灵性，做成祭品一定灵验，所以想用100雷亚尔买下它。"黎花帮忙翻译。

雷亚尔是巴西通行的货币，100雷亚尔约等于168元人民币。

"开什么玩笑？"行空将鸡抢回，"两个亿都不卖！"

无怪行空会生气，白雪曾与他们一起历经磨难，怎能拱手相让？

买卖虽没成，不过倒让他们留意起"女巫"摊位。瞧！仙人掌、玩偶人像、石质护身符、干蟾蜍、猴子头、蟒蛇皮、大象尾巴、猫头鹰的羽毛、流产的羊驼胎……等，不一而足。

"这些东西都是用来解决生活难题，只要客人提得出来，都有相应的商品出售。"黎花附加说明。

"其中有没有治肚饿的？"叮叮问。

黎花莞尔一笑，回答："这个我有办法治，不需要女巫。"

第77章•黎花

"这是黑豆饭，可说是巴西的国菜，没吃过等于没来巴西。作法是将黑豆、咸肉、香肠、猪蹄、猪口条、猪尾巴、猪耳朵、猪排骨、烟熏干肉等一同放入泥锅里小火焖炖，熟了之后再撒上木薯粉、橙子片，最后就着米饭、甘兰菜和奶油木薯面一起食用。"

"这是马黛茶，是亚马逊河流域特有的饮料，可以提神醒脑、消暑降热以及帮助消化。"

马力以为经历那么多天的河上生活，第一餐会很丰盛，没想到用餐环境一般也就罢了，连吃的东西也无从选择。

结果黑豆饭一入口，整个舌头立刻跳起舞来（这是葛家人第一次在外使用勺子吃饭，用得还挺好的）。

"简直太鲜了！好久没吃到这么好吃的东西。"悲伤阿姨说。

其他五人纷纷点头表示赞同。

"你们运气好，黑豆饭只有周末才供应。"黎花解释。

"既然这么好吃，为什么不天天供应？"马力接着问。

黎花答那可不成，黑豆饭采用的都是高热量、高蛋白的食材，加上黑豆本身比较不容易消化，若天天吃，肠胃会受不了。

现在马力已经不抱怨吃得不好，反而担心吃得太好而消化不良。

等大家都吃饱喝足后，黎花说要带他们去参观歌剧院。

马力心想她未免也太热心了？但葛家人似乎没察觉到有什么不妥，他只好把疑问藏在心里。

在黎花的介绍下，他们对那座被巴西人引以为傲的百年歌剧院总算有了初步的了解。原来在马瑙斯最辉煌的橡胶时期，暴富的欧洲商人决定在马瑙斯复制一个全新的欧洲城市，歌剧院便是其中最具代表性的建筑珍品，不论硬装或软装都所费不赀，包括来自阿尔萨斯的天花板、来自巴黎的家具和针织品、来自意大利的大理石台阶、廊柱和雕塑、来自英国的钢制品……等。

"你们看，"黎花手指前方，"歌剧院门前是圣塞巴斯蒂安广场，地面铺满了波浪形状的黑白两色碎石马赛克，代表黑河和索里芒斯河在此交汇，而中央竖立的航海纪念碑，四面都有一个船头突起，分别代表美洲、亚洲、欧洲和非洲，寓意是满载橡胶的轮船正向四大洲前行……"

待黎花说完，方脸大叔给了她小费，同时表示她是个好导游，让大家受益匪浅，谢谢！

这位华侨第二代露出诧异的表情，但仍收下小费。

"你们接下来想去哪里？是雅乌国家公园还是拜访亚马逊雨林的土著部落？"她问。

"其实我们想找黄金……"

叮叮话还没说完，被悲伤阿姨给制止了。

"原来你们也是洛桑博士的追随者。"黎花说。

此话一出，大家惊呆了。

黎花表示这没什么好惊讶的，《玛若依国—传说中的黄金国》一书出版后，吸引了全球的冒险家和寻宝人前来碰运气，早见怪不怪了。

"其实我们是为了救……"

咚咚话还没说完，被悲伤阿姨给制止了。

方脸大叔紧接着对黎花说："谢谢妳，我们就此道别吧！"

"等等，"她的目光游移了一下又回来，"我知道黄金国在哪里，跟我来吧！"

正当葛家人欢欣鼓舞，庆幸"踏破铁鞋无觅处，得来全不费功夫"时，马力隐隐感到不安，因为黎花刚刚望着的是向他们走来的巴西警察，而此时的她正被六个人包围着，起到很好的屏障作用。

"她到底是什么来历？"马力心想。

第78章·雅乌国家公园

黎花说雅乌国家公园最初只限于雅乌河和黑河的汇合处，后来雅乌河逐渐往右拓展，一直延伸到卡拉宾那尼河流的入口处，接着辗转再与黑河相遇，其规模也因此扩大，最终成为亚马逊盆地最大的国家公园……

"妳为什么要提起这个国家公园？"叮叮问。

"因为经过雅乌国家公园就能抵达黄金国。"她答。

原来如此！

"那么我们要如何到达雅乌国家公园？"方脸大叔问。

"通常游客会租船沿着黑河而上，大概18个小时后就能抵达。"

"18个小时？"六个人齐呼。

黎花说也可以租高速游艇，速度会快一倍，但她不建议这么做，因为会吐到怀疑人生。

话甫歇，他们同时望向最虚弱的行空。

"我无法保证自己不会吐。"他答。

于是方脸大叔决定租用普通船只。

当他们上船时，天朗气清，河面平静，一切看起来是那么的美好，然而这不过只是假象，水下暗藏着无数的礁石浅滩，稍不留意就会船毁人亡。

正当马力佩服船老大的技术娴熟时，大雨翩然而至，一点儿预警也无，让人体会到什么叫"雨打得睁不开眼睛"。

"你看那个开船的。"行空在马力耳边低语。

马力努力将眼睛睁开一道小缝，这一看不得了，原来船老大也闭上眼睛了。

这如何是好？万一撞上沙洲可惨了，轻则搁浅，重则翻覆，他可不想和食人鱼或凯门鳄在水里共游。

还好雨林里的雨来得快，去得也快，不一会儿又雨过天晴，只是阳光呈橙红色，看样子夜晚即将来临。

"希望今晚能睡个好觉。"马力心想。

第79章·离家出走的女孩

一睁眼，河流两岸的热带丛林郁郁葱葱，耳中尽是百鸟争鸣的声音，再仔细一瞧，河面上已有几艘小船在行驶，看来想上国家公园一游的人不止他们七人。

"我饿了。"马力说。

"吃点儿肉干吧！"悲伤阿姨答完，转向黎花，"妳要不要也吃点儿？"

黎花毫不客气地拿走悲伤阿姨递过来的整袋肉干，并且风卷残云地全吃光。

"那是好几天的粮食。"行空咋舌。

"多少钱？我付！"黎花答

这根本不是钱的问题，万一接下来找不到吃的，岂不麻烦？

黎花一听，立刻表示国家公园内有住宿的地方，吃喝都能补给上。

"看来妳不是第一次来这里，以前是和谁一起来的？"方脸大叔问。

此时哒哒哒的直升机从头顶低空飞过，黎花赶紧低下头去。

"这里怎么会有直升机？莫非有钱人莅临？"叮叮问。

行空纠正那架不是民用直升机，因为机身上写着葡萄牙文Polícia，乃"警察"的意思。

黎花的头更低了。

正当众人上岸，准备进入公园时，忽然发现黎花没跟上。

"妳怎么了？"悲伤阿姨走过去，同时掏出一件带帽的薄外套，"天气热，穿上吧！"

这番话有语病，天气热干嘛还穿外套？但黎花无异议，不仅穿上外套，还戴上帽子，刚好遮住她的肮脏辫。

来到检查站，他们六人很有默契地将黎花团团包围住，看来不止马力看出了不对劲。

直到确认四下无人，庭审才开始。

"孩子，这是怎么回事？"悲伤阿姨首先发问。

"我……我本来只想离家出走几小时，遇到你们之后，决定将时间延长。"她答。

"那些警察是来找妳的吗？"方脸大叔接着问。

"不知道。巴西贩毒猖狂，也有可能是寻找毒枭，并非我。"

悲伤阿姨表示不管如何，黎花都得回家，她的家人现在恐怕已经心急如焚。

咚咚问："黎花若回家，谁带我们寻找黄金国？"

"妳傻呀！"叮叮取笑她，"那是借口，她根本不知道黄金国的下落。"

"我知道……"黎花冲口而出，"我……我知道地球破洞在哪里。根据《玛若依国—传说中的黄金国》所言，黄金国离地球破洞不远。"

洛桑博士的确曾表示自己在抵达黄金国之前看过地球破洞，团队中还有人被"吸"了进去。

这下子他们陷入两难，于是黎花表态："我已经是成年人了，可以为自己的行为负责。反正我是不会回去的，至少目前不会，你们若想跟我走就一起来，不勉强。"

直到黎花走远，成了一个小黑点，方脸大叔才想起来用投票表决的方式定夺，结果四只小手齐刷刷举起。

"看来即使我俩投反对票也无济于事。"悲伤阿姨对方脸大叔说。

第80章·大祸临头

他们在公园附设的住宿场所购买了一些吃食，紧接着又赶路。按照黎花的说法，地球破洞在卡拉宾那尼瀑布的上游，他们只要沿着河流往上走便是。

貌似这个行程很简单，实际上却非易事，因为这里的树普遍低矮（所以得经常弓着腰行走），加上天气闷热，像在洗桑拿，个中滋味只有亲身经历才会懂。还好雨林里的动物时不时给他们带来乐趣，譬如在林间窜来跳去的猴子、蹲在树上一动也不动的树懒、在河中打转的水獭、趴在浮木上晒太阳的乌龟、眼带杀气的鳄鱼……

在走完三座吊桥后，他们终于听到万马奔腾的声音。

"这是瀑布，我们终于到了。"叮叮兴奋地说。

走近卡拉宾那尼瀑布，那长达数百米的水流从天而降，果然雄伟，让马力想起唐朝大诗人李白的诗句：**飞流直下三千尺，疑是银河落九天。**

"黎花，接下来该怎么走？"方脸大叔问。

她指向瀑布最顶端，表示只要爬到上面，再往前走约一公里就到了。

"妳当年是怎么爬上去的？"叮叮问黎花。

"我是从直升机上俯瞰的。"她答。

直升机？这个答案太奇怪了！

"妳家该不会是做直升机租赁业务的吧？！"马力问。

"这倒没有，只不过我继父是警察局局长罢了。"

此话一出，马力和葛家人面面相觑，感觉大祸即将临头。

第81章·突如其来的大火

历经千辛万苦，他们终于爬上瀑布顶端，眼前是一条无法望到源头的河流。

"这也太恐怖了，行经这里的鱼类或其他生物恐怕没料到前面是不测之渊。"方脸大叔不无感慨地说。

"怎么不立一个警告标志？"马力喃喃道。

叮叮和咚咚笑得前仰后合

"笑什么？"马力怒目相视。

"动物怎么看得懂警告标志？就算看懂了，你以为它们来得及往回游？"叮叮答。

马力糗死了，恨不得挖个地洞钻进去。

"好了，别笑话马力了，我们还是赶路吧！"悲伤阿姨适时伸出援手。

还好这段上坡路相对好走些，不仅没有泥泞及横七竖八的藤蔓，路上还有不少果实可摘，既解渴又饱肚。

走了约莫一公里路，他们果然看到"地球破洞"。方脸大叔将一根粗树枝扔进水里，它真的被"吸"了进去。

"耶！"叮叮鼓掌，"是地球破洞，太好了！"

行空推一推他的黑框眼镜，答："这是泄洪口，由于通道口被河水淹没，所以看不到人造建筑，其实水都流向地底深处。"

马力也认为不是"地球破洞"，如果是，当年没被"吸"进去的洛桑博士恐怕完成不了《玛若依国—传说中的黄金国》一书，因为他所坐的船早沿瀑布而下，然后一头栽进万丈深渊里。

这个结果无疑让人气馁，他们全瘫坐在地上。

不一会儿，一股热浪滚滚来袭，伴随的还有各种动物的惨叫声及鸟儿振翅而飞的身影。

"这是怎么回事？"行空问，因为白雪也在空中盘旋。

此时黎花灵光乍现，她惊慌失色地喊着："快跑！怕是着火了。"

马力听过火烧山，但多数发生在干燥的季节和环境中，想不通为什么潮湿的雨林也会发生火灾，太不可思议了！

怀疑归怀疑，但逃命要紧，只是该往哪里逃？马力一点儿头绪也无。

"快！跟着白雪就是。"行空喊着。

那只鸡正往河流上游飞去，他们紧随其后。

第82章·拉诺斯大草原

马力从没想过大火蔓延的速度会如此之快，伴随缭绕的黑烟及高温，简直要人命！

"救我！"

马力一回头，行空已经在河里载浮载沉，也不知是什么时候掉进去的。

方脸大叔正准备跳河救人，白雪的动作比他还快，它叼起行空的后衣领，腾空飞起。

"哇噻！这是什么神仙操作？"马力心想。

"还不快跑？！"

被黎花点醒后，马力立刻飞奔起来，方向倒不难找，只要跟紧天上的"飞人"就行。

也不知跑了多久，他们终于来到一个山谷，貌似这里就是黑河的源头。

"原来这里就是河流的发源地，我还以为水是从哪里冒出来的呢！"马力说。

行空推一推他的黑框眼镜，答："山体没有很大的缝隙让水进入地下，所以当降雨或冰川融化后，水会留在地表上，这里一些，那里一些，最后汇集成河。"

此时行空的脸色依然苍白，但说话条理清晰，应该已经没有大碍了。

"行空，你应该谢谢你的鸡。"马力有感而发。

"我知道，"他抚摸白雪的头，"没有它，我早淹死了。"

"请问……"黎花一开口，12只眼睛齐刷刷对准她，"请问这只鸡是不是有超能力？"

她的问题也是大家的疑问。

方脸大叔答："世界上有很多未解之谜，白雪算一个，潮湿的雨林发生大火也是。如果一个个去探索，恐怕一辈子都探索不完。"

"我同意世界上有很多未解之谜，譬如一个月前马瑙斯的天空就曾经出现过一个盘状物，搞得全市大停电，到现在还有人议论纷纷。不过雨林发生大火一事我倒可以解释，那是因为有些土著会通过火烧的方式来清理田地，稍一不慎就酿成火灾了。"

听到"盘状物"三个字，其他六个人已经不在乎大火是怎么烧起来的了。

"黎花，妳再讲讲盘状物，越仔细越好。"悲伤阿姨说。

"那个东西大约是在晚上8点钟时出现，一个小时后才消失。在那个时段里，不仅造成大面积停电，无线电通讯设备也受到明显干扰。对了，当它飞过月亮时，人们仍然可以透过它看到月亮的大致轮廓，所以我猜这个东西应该是半透明体。"她答。

马力看到方脸大叔和悲伤阿姨快速交换一下眼神，他已了然于胸。

"然后呢？盘状物消失后，还有异象吗？"马力接着问。

黎花想了想，回答没有，除了拉诺斯大草原上有奶牛被残忍肢解外……

悲伤阿姨的眼睛亮了，又要她再讲仔细点儿，于是黎花把那个血淋淋的场面描述了一遍，包括奶牛被割去舌头、肛门、生殖器、耳朵……等。

方脸大叔又和悲伤阿姨交换一下眼神，然后问："拉诺斯大草原离这里远吗？"

黎花答不远，就在奥里诺科河谷附近，走路五天就能到。

"奥里诺科河谷？我怎么觉得这个名字好熟悉？"马力喃喃道。

行空答："洛桑博士为了重回黄金国，曾从圭亚那高原深入到奥里诺科河谷，再沿埃塞奎博河、德梅拉拉河、伯比斯河南下，直至著名的鲁普努尼草原。"

果然没错，洛桑博士的足迹曾经到过那里。

"看来我们得上拉诺斯大草原瞧一瞧。"方脸大叔说。

第83章·抵达拉诺斯大草原

想要抵达拉诺斯大草原，首先得找到奥里诺科河谷，而奥里诺科河经过亚马逊雨林。换言之，他们又行走在世界上最险恶的地区。

"看！好可爱的青蛙，皮肤像玻璃一样通透，几乎可以看到它的血管。"黎花说完，伸手过去。

"别碰！"行空开口制止，"一旦被它咬了，瞬间就会麻痹死掉。"

没过多久……

"哇！好美的小白花，像一个个白色的小铃铛。"黎花说完，又伸手过去。

"别碰！"行空又开口制止，"这种花叫山谷百合，全身都带毒性，一旦误食，立马升天。"

"渴死了，喝口水总可以吧？！"黎花说完，蹲下身去。

"别碰！"行空三度开口制止，"这水难保没有寄生虫，还是煮开了再喝比较保险。"

黎花无奈地表示难怪亚马逊雨林会被称为"人类的禁区"，这个不行，那个也不行，简直处处是陷阱。

方脸大叔说一件事有两个面，就因为这个原始森林非常可怕，拖住了人类前进的脚步，从而保护了地球上的稀有物种。从这个角度看，未尝不是好事。

走了五天五夜后，他们终于来到一个几乎无树的大草原。

"这可是拉诺斯大草原？"马力问。

方脸大叔拿出罗盘，一番操作后，答："应该就是这里了。"

放眼望去，树木全集中在河流两岸及山麓，开阔的大草原上只零星点缀着低矮的栎树和可可树。

此时，方脸大叔要大家报数（黎花是新进人员，按照年龄，她排在悲伤阿姨的后面）。行空最小，当他报完，咕咕声响起，代表白雪也加入报数。

"太好了，都在。"方脸大叔精神奕奕，"眼看太阳快落山了，大家分头去找树叶、干草或枯枝，咱们就地升火吧！"

"好咧！"他们全动员起来。

第84章·El Silbón

吃饱喝足后，他们围着火堆躺下，满天星斗，像极了洒在黑绒布上的钻石。

没多久，一个很空灵的声音出现了，一会儿在东，一会儿在西，一会儿在南，一会儿又在北。

"这是什么声音？"叮叮坐起，左顾右盼，"好像有人在敲击……敲击金属物。"

马力认为这个形容很贴切，伴随回音，让人一时找不着北。

"问题是有谁会在荒郊野外发出这样的声音？"咚咚问。

此时黎花抱紧身旁的悲伤阿姨。

"孩子，妳怎么在发抖？"悲伤阿姨问。

"那是……那是El Silbón，他正在寻找猎物。"

El Silbón？这是什么？是人名还是动物名？

在马力和葛家人的追问下，他们终于知道El Silbón是草原中的鬼魂，通常会坐在树下，手里拿着扫把，嘴里吹着口哨。当动物或人类被他的声音吸引来到树下，他便用扫把袭击，再把猎物撕成碎片扔进麻袋里，而他的麻袋永远也装不满……

"黎花，那只是传说而已，何况这声音根本不是口哨，更像是……"方脸大叔住嘴了。

"更像是什么？"马力问。

"更像是飞行器飞行的声音。"行空答。

黎花问什么飞行器？

"飞机，"马力抢着说，"当然是飞机，呵呵！"

黎花还想再问仔细点儿，其他六人很有默契地说累了，想睡觉。

当鼾声四起，马力却睡不着，他的内心有小激动，如果绑架父母的飞行器就在附近，代表他离父母不远了。

"希望我爸妈都无恙。"马力祈祷着。

第85章·恐鹤

一路上，他们看到很多食肉动物，像是美洲狮、棕狼、小耳犬、草原猫、山狐……等；食草动物也有，像是短角鹿、骆马、西貒、貘……等；其他还有一些南美洲特有的动物，譬如犰狳、水豚、叶口蝠、狭鼻猴……等。

"哇！好像在看CCTV频道的《动物世界》，"马力冲口而出，12只眼睛齐刷刷对准他，"呃！我说的是中国的官方电视频道。"

"请问……"黎花开口了，此时大家的目光转向她，"请问你们的鸡是不是有超能力？"

如果马力记得没错，这是她第二次问同样的问题。

行空答："倘若妳指的是它保护我们免受草原动物的袭击，答案已经明摆着。当然，它的超能力可不止此，具体能达到什么程度，我们也在了解中。"

然后黎花"斗胆"问行空能不能把鸡卖给她？在行空拒绝前，马力问她出价多少？

"十根金条。"

"妳哪儿来的金条？"

"只要找到黄金国，还怕没有金条？"

这个答案让马力思考起他们为什么要寻找黄金国？起初当然是为了寻找他的父母，后来发现亚马逊雨林中有这么一个神秘古国存在，加上葛家人提及绑架他父母的外星人也许正在寻找黄金，所以……

归根结底找人是目标，黄金国不过是线索，显然在黎花眼里，黄金国才是目标。

"看！那是什么？"咚咚手指着前方。

他们同时看到一匹小马在奔腾，背后则有一只约三米高的奇怪鸟类在追赶。小马根本跑不过这只巨型鸟，不一会儿便被它的钩状喙给咬住，鲜血直流。

"啧啧啧！"叮叮摇头，"真是惨烈！"

虽然弱肉强食乃大自然的定律，马力还是不忍直视。

"那是什么鸟？怎么光跑不飞？"咚咚问。

"那是恐鹤，一种巨型的肉食性鸟类，虽然有长长的腿和覆盖全身的羽毛，但不会飞，跑倒是很快，每小时能达到70公里，可是……"行空推一推他的黑框眼镜，"可是这种生物在第四次冰河期期间就已经灭绝了。"

马力感到很不可思议，灭绝的鸟儿竟然又复活了？

叮叮和咚咚听完捧腹大笑。

"笑什么？"马力怒目相视。

"你怎么不说它一直没灭绝，只是人类没发现而已？"叮叮答。

也对，草原这么大，一时没看见不代表不存在。

"咳、咳、"马力咳嗽两声，"妳说的也不无可能。"

"好了，都别争论了，我们还是赶紧走吧！"悲伤阿姨举起手遮住阳光，"这里一棵树也没有，希望能尽快找到水源，否则不热死也会渴死！"

第86章·患难与共

走了不知有多久，他们终于听到这个世界上最美妙的声音。

"应该就在那片绿丛中，有树就有水，不是吗？"马力兴奋地喊着。

此时即使是最体弱的行空，仿佛也打上了鸡血，跟着大伙儿飞奔过去。

当看见滔滔不绝的河流时，他们全蹲下去掬水喝，顾不上水里可能会有寄生虫。

"哇！荒漠甘泉也不过如此。"喝完一肚子水后，马力心满意足地说。

"看！那是什么？"黎花突然手指前方。

原来恐鹤也跟着来到河边，想必它也口渴了。

"我以为刚喝完马血，它不致于口渴才是。"

马力一说完，他们同时听到"噗通"一声。

"行空，恐鹤会游泳吗？"马力问。

"这个嘛～"行空推一推他的黑框眼镜，"应该不会才是。"

"那么……"

没等马力问完，咚咚发出惨叫声。

"怎么了？"方脸大叔问。

"那只大鸟快完蛋了。"咚咚答。

此时他们才留意到离恐鹤约百米处有个大漩涡。

"小心！"黎花大喊。

别说恐鹤听不懂普通话，就算听懂了也来不及。瞧！前后不过十几秒的时间，那只巨鸟便围着漩涡打转，从外围进到圆心，最后消失不见。

"好奇怪！它好像很淡定，一点儿挣扎也无。"叮叮说。

"大概知道挣扎也没用，反正会被吸进去。"黎花答。

吸进去？马力想起洛桑博士曾说自己在抵达黄金国之前看过地球破洞，团队中还有人被"吸"了进去。

"莫非眼前这个不是漩涡，而是地球破洞？"

马力一问完，他们同时听到"噗通"一声，原来白雪也跌进河里去。

"白雪～"行空喊完，奋不顾身去救鸡。

这个瘦小的男孩不会游泳，双手在空中拼命挥舞，他的父亲见状，立马跳河救人。

方脸大叔这么一跳，悲伤阿姨、叮叮、咚咚也跟着跳。

"这是怎么回事？"黎花睁大眼睛问。

"他们是一家人，死也要死在一块儿。"马力答。

"你呢？会不会跟着跳？"

马力犹豫了一下，最后还是奋力一跳，谁让他们是一个团队？

就在载浮载沉中，马力看到站在岸边的黎花渐渐变小，当小到像一个功夫茶杯的高度时，马力被一个巨大的力量给吞噬进去，瞬间失去知觉。

第87章·发现印加文明

"马力，醒醒呀！"

听到行空的声音，马力用力睁开眼睛，看到的是一个蓝灰色的世界。

"这是哪里？"马力坐起，用力揉揉眼睛。

"应该还在雨林里，只是不知道座标，连我爸的罗盘也失灵了。"行空答。

果然不远处的方脸大叔正在折腾他的罗盘。

"一、二、三、四、五……六。"马力数着人头，"哈！都到齐了。"

"你到底会不会数？"叮叮嗤之以鼻，"少了黎花和白雪，怎么算都到齐了？"

少了黎花，马力是知道的，但白雪不一样，它早已成为团队的一份子，缺它不可。

"白雪会不会还在水里？"马力问。

"找过了，没有。看来又得往雨林深处找去，哎！"叮叮唉声叹气的。

悲伤阿姨走过来问马力可好？现在能不能走路？

"可以，没问题。"他答。

于是他们又出发了。

走没几分钟，马力发现有事不对劲；再走十几分钟，他更加确信自己的第六感。

"咚咚，你有没有觉得哪里怪怪的？"马力问走在他前面的人。

"没有。"她答。

然后马力转过头问身后的行空同样的问题，他也回答没有。

"真是奇怪，难道我眼花了？"马力心想。

也难怪他会迷惑，触目所及好似披上了蓝灰色的轻纱，既像黎明前的天色，又像轻雾缭绕，反正很不寻常。还有，四周围的植物虽然没什么大变化，但有些动物却是第一次见到，譬如独角兽、有豹纹的牛、双头蛇……等。离奇的是，这些动物对闯入者毫无反应，既不逃跑也不攻击，仿佛看不见似的；而更加古怪的是，咚咚和行空竟不觉得这些现象很反常。

走了约莫三个小时后，方脸大叔提议休息一下，顺便吃点儿东西，无人反对。

由于没水可喝，吃了几口干粮后，马力再也吃不下去。

方脸大叔随即起身，左看右瞧后，他走向一株有点儿像竹子的细长植物，然后拔出身上的小刀。

"你们的爸爸在干嘛？"马力问。

"他在帮我们找水。"叮叮答。

不一会儿，每个人手中都有一根"棍子"（如今四周围都笼罩在蓝灰色的世界里，马力也不好判断它的原色）。

"这是什么？"马力问。

无人回答，因为他们全忙着啃"棍子"，液体沿着嘴角滴落下来。

马力赶紧照做，发现这根看起来很像甘蔗的"棍子"，味道其实更接近芦荟，还会拉丝，解渴完全没问题。

吃饱喝足后，马力又有精力观察四周，这才发觉不远处有棵长满枝桠的榕树，枝上生根，像胡须一样垂挂下来……等等，没看过那么粗壮的榕树呀！

马力走近一看，发现那不是榕树，从枝桠上低垂下来的也不是气根，而是奇普，一种古代印加人的结绳记事方法。

这个新发现无疑很振奋人心，据说玛若依国是古印加帝国的附庸国（印加帝国的黄金就是从玛若依国运来的），那么附庸国使用主子的记事方法不挺正常的？

"12000？这是什么意思？"叮叮看着树上的奇普问。

巫老师曾经教过孩子们如何识别奇谱数字。

马力认为也许指的是12000公里，也就是说黄金国的位置离此有12000公里。

悲伤阿姨不苟同，因为12000可以代表很多意思，不见得是长度。

“不管怎样，发现奇普是个好征兆，代表这附近有印加文明，我们且走且看吧！”方脸大叔说。

第88章·目标在望

雨林里到处是低矮的树，加上荆棘丛生，很是难走，但也没达到寸步难行的程度，因为"路是人走出来"的，只要跟随"前人"的脚步就行。

"看！"叮叮指着一棵树，"又一个奇普，我猜是7000……哈！果然是。"

一路上，每隔一段距离，他们总能发现挂着奇普的树，上面的数字很有规律地依次递减，从12000、11000、10000、9000、8000，降到如今的7000。

他们又往前走一段，结果来到一个三岔口。

"这可怎么办？"悲伤阿姨问。

"让我看看罗盘怎么指示。"方脸大叔说
。

"你知道在这种情况下，那玩意儿根本
没用，你不是已经试过了？"

"可是……"方脸大叔把拿出来的罗盘又
放回包里，"我以为会有奇迹。"

"这种情况"指的是哪种情况？马力感到
不解。

由于眼前的三条路看起来都差不多，方
脸大叔要大家投票决定。

"那么就走这一条。"方脸大叔指着最多
人选的路说。

结果走了近两个小时，仍未见挂着奇普
的树，根据以往经验，他们早该看到数
字6000。

"我们好像走错了。"悲伤阿姨说。

其他五人皆有同感，于是大家退了回去
。这次他们选择右边那条路，果然约一
个小时后又见到挂着奇普的树，上面写
着6000。

"我感觉挂着奇普的树是路标，上面显
示的数字是还剩多少长度能抵达目的地

，只是单位不是我认知的公里数。"马力说。

"当然不是，"行空推一推他的黑框眼镜，"公里是现代的产物，古印加人有自己的测量标准，譬如拿成人小指的长度当最小长度，拇指与食指打开为次长度，手臂长则是最长的长度，但显然这些都不适用在较长距离的测量上，因为我们走过的路早超过拿手臂长当测量单位的路长。"

"该不会是以国王的身高为单位来测量吧？！"马力冲口而出。

早期，英国因尺度紊乱，产生不少民事纠纷，后来国王下令使用他的鞋长为单位，也就是现在的foot（英尺），那么马力的说法也未必荒诞不经。

行空想了想，承认是有这个可能性，不过已经不重要了，根据他的计算，大约每一小时十分钟的步程就能见到挂着奇普的大树。

是呀！与其计算长度，倒不如使用时间，后者更容易些。

接下来，但凡面临"岔路"困扰时，他们会使用时间来判断，一旦超过便重新回到原点，另外择路再走。

当奇谱数字显示1000时，代表离目的地不过一个多小时的光景，这让他们群情激昂。

"终于快到了，我等不及看到黄金国。"叮叮兴奋地说。

马力想的不一样，他等不及要和分开近两年的父母见面……

第89章·黄金城堡

往前不到一百米，马力看到一头野猪正往他们的方向冲过来。

"小心！"马力喊完，往旁边一闪。

与马力的惊慌失措不同，葛家人全气定神闲地往前走，丝毫不受影响。还好野猪后来改变奔跑的方向，危机暂时解除。

"你们怎么知道野猪会更改路线？"马力跟上队伍，好奇地问行空。

"我们不知道呀！"他答

"那么……"

马力话还没问完，由远及近的跑步声传来。不一会儿，一群皮肤黝黑的男人便先后出现，他们戴着插上羽毛的头盔，穿着无袖的长袍，手里分别拿着矛、斧头、棍棒、石锤、戟、弓箭……等。

"哇噻！这是打哪儿来的？"马力吓得目瞪口呆。

显然，这群猎人是冲着野猪而来，但万一将矛头对准忽然闯入的六口人，这如何是好？

马力第一个想到的是躲藏起来，但葛家人好似事不关己，依旧按照原来的步速前进。

行空推一下马力，说："赶紧的，落队可不好。"

不仅葛家人的表现奇怪，那些猎人也眼瞎，竟对"不速之客"视若无睹。

更古怪的事还在后头，沿路看到的赤脚男女，他们有的忙于采摘野果；有的忙于做手工；有的正在哺乳；有的……不论哪个，对于突然闯进的陌生人，竟然全无反应，连眼神交会都没有。

"这也好，省得被误解，甚至招来杀身之祸。"马力心想。

又走了不知多久，就在穿过暗无天日的密林后，眼前豁然开朗，更摄人心魄的是一栋巍峨的城堡就屹立在穹苍下，即使天色依然灰蒙蒙的，依稀能分辨那是用纯度极高的黄金所砌成的。

"天哪！我们真的到了黄金国。"叮叮喊着。

"走！进去看看。"方脸大叔说。

由于一路被当地人忽视，马力现在见怪不怪，跟着葛家人一同穿过用泥土搭建的城墙，显然，墙内墙外是截然不同的两个世界。

当他们爬上黄金阶梯，进入黄金城堡时，"哇！"、"哇！"、"哇！"……的赞叹声不绝于耳。

马力曾做过一个梦，梦里所有的东西都是巧克力做的。这个梦虽然一直没能在现实生活中实现，如今却以另一种方式出现，瞧！黄金地板、黄金墙、黄金壶、黄金杯、黄金碗、黄金盆、黄金碟、黄金刀具、黄金面具、黄金香炉、黄金神龛……等，对照《玛若依国—传说中的黄金国》一书，两者高度吻合。

不止是物，城堡里的人也佩戴着各种黄金饰品，像是黄金耳环、黄金鼻环、黄金项链、黄金别针、黄金手镯、黄金脚环……等。

他们走走停停，像刘姥姥进大观园，事事新奇。

不一会儿，马力被一个纯金制成的小船所吸引，上面站着九个人，前四后四看似贵族，中间那位尤为特别，不仅高大许多，头上还戴着一顶大帽子，显得很不一般。

马力正要拿起小船看个仔细，城堡外忽然锣鼓喧天。

"这是什么声音？"叮叮问。

"不知道，咱们何不出去瞧瞧？"方脸大叔答。

于是他们鱼贯而出。

第90章·失之交臂

原来黄金城堡紧挨着一个湖，湖畔站着人，有乐手（他们正敲击着小手鼓、铜铃和呱嗒板之类的乐器）、贵族和祭师。此时湖中有一艘木筏，上面坐着九个人，前四后四貌似皆身份高贵，但都不敌正中间那一位，他的全身洒满金粉，头、脖子以及四肢都戴上了黄金饰品，猛一看，像个黄金人，这让马力忆起城堡中的黄金小船。

当音乐停止后，"黄金人"高举双手，对空喊了几句，接着跃入湖中。与此同时，岸上的贵族纷纷将金器、宝石、珍珠、翡翠、玛瑙……等，一股脑的全投入湖中。

马力看得瞠目结舌，这扔的可全是价值不菲的宝贝呀！

正当他们对眼前的景象啧啧称奇时，一个影子以迅雷不及掩耳的速度飞来，它的尖喙似乎戳破了什么，只听见"啵"的一声，蓝灰色迅速褪去，这个世界又恢复原来的色彩，只是……

"天哪！湖水怎么干涸了？人呢？去了哪里？"马力大惊失色，再一转头，黄金城堡只剩下一个空架子。

"原来全被洗劫一空了。"方脸大叔感叹。

听这话，他肯定知道些什么，马力迫不及待想知道答案。

"马力，"方脸大叔停顿了一下，似乎在琢磨什么，"我们阴错阳差坠入了四维空间，并且沿着时间轴回到过去，方才的一切不过只是倒带重播。"

马力看着其他人，他们皆点头，刹那间他完全明白为什么会被当地人（甚至雨林内的动物）所忽视。

"那么现在看到的是当下吗？"马力问。

"这个问题挺难回答的，"行空推一推他的黑框眼镜，"端看个体的相对时间轴和空间轴，拿地球人的认知来说，应该就是当下。"

也就是说，"当下"的黄金国已经没有黄金，那么是谁盗走了这些数不胜数的金灿灿宝贝？

方脸大叔听完马力的疑问，默默走向城堡（少了黄金的支撑，它显得摇摇欲坠），这边摸摸，那边瞧瞧，最后答："依据切割的技术来判断，应该是外星生物所为。"

讲到外星人，马力不由自主地想起被外星人绑架的父母，他们在哪里？是否安好？

方脸大叔快速和悲伤阿姨交换一下眼神，然后问马力是否还记得某晚在拉诺斯大草原上所听到的声音？

马力当然记得，那声音一会儿在东，一会儿在西，一会儿在南，一会儿又在北。黎花认为那是草原鬼魂El Silbón正在寻找猎物，可是行空却有不一样的看法，他认为那是飞行器飞行的声音。

"马力，你听好了，我们……" 方脸大叔又看了一眼悲伤阿姨，"我们认为取走黄金的外星生物目前已经飞离地球了。"

"那我父母呢？" 马力问，声音是颤抖的。

悲伤阿姨抱住马力，马力的眼泪随即滴落下来……

《未完待续》

【看不够吗？ **B**杜的《马力历险记 **3** 之可可岛宝藏》正等着您，以下是前三章，先睹为快。】

《马力历险记 3 之可可岛宝藏》

第1章·黄瓜区教育局的来信

从亚马逊雨林回来后，马力的心情悲喜交织，喜的是父母不久前还出现在黄金国；悲的是他们和启塔星人一同消失，目前下落不明。

葛家人同样悲喜交织，喜的理由和马力如出一辙，悲的是他们已经在地球上待了两年多，如今马力的父亲依旧杳无音讯，代表他们得继续待着，这不是他们想要的。

"孩子们，好久不见，听说你们完成任务了，恭喜！"巫老师说。

再度看到那张甜美的笑脸，对于心有遗憾的马力来说，不无小补。

"哎～"孩子们先后叹气。

"怎么是这个反应？我以为你们会开心地欢呼起来。"

行空推一推他的黑框眼镜，答："其实没有完成任务，只不过证实了启塔星人是绑匪，马力的父母到现在还是不知所终。"

"噢！可怜的孩子。"说完，巫老师过来拥抱马力。

幸福来得太快，马力还来不及享受这个过程，女神就放开他，只留下淡淡的香水味，像混合了蜜柑和海洋的气息。

"你们有谁能告诉我这次任务都经历了什么？"巫老师问。

于是四个孩子你一言我一语地争相告知，不论当时有多么惊险，现在说起来却乐多于苦。

"这么说，启塔星人取走了黄金国的所有黄金和宝石，"巫老师喃喃道，"既然如此，为什么还要继续控制马力的父母？"

"马力以为启塔星人还会回到地球取走更多的黄金和宝石，留着他父母有助于完成使命。"叮叮说。

"谁让妳多嘴？"马力怒目相视。

"难道不是？"

马力的确这么想，但没有任何征兆显示启塔星人做此打算（但愿是，否则他的父母凶多吉少），他很害怕这是自己一厢情愿的想法，同时也不高兴有人读出他的心思。

"当然不是。"他假装信心满满，"我父母应该已经逃离启塔星人的魔掌，他们没多久就会回来。"

"都这么多天过去了，要回来早回来了。"咚咚说。

话说得没错，但听在耳里很不舒服，仿佛预告他的父母已经遭遇不测，要不就是不要他了。

"我说他们一定会回来，你们怎么就是听不明白？"马力嘶吼完，冲出教堂。

他以为巫老师会出来找他，结果没有。这正好，他需要时间和空间独处一下。

此时小教堂外天朗气清、惠风和畅，一切是那么的美好。突然，一个白色的动态影子朝他而来，由远及近。

"早！"刹车声响起。

说话的是邮差，身上无一不白。

"巫老师不在。"马力故意说。

"今天没有咘咘的信件，"他从白色单肩包里取出一个牛皮纸信封，"这是你的，看样子是从政府机关寄来的。"

"你怎么知道？"

邮差答看信封就知道了，只有政府机关会使用牛皮纸信封。

马力没注意到是不是只有政府机关会使用牛皮纸信封，但此信封上明明写着寄信人是黄瓜区教育局（他的户口所在地），这不明摆着？

"谢谢！"马力收下信件，"对了，巫老师的名字叫巫咘咘，你可以叫她巫老师、巫小姐或巫咘咘，但请不要叫她咘咘，因为只有最亲近的人才可以这么叫。"

邮差微微一笑，答："你真可爱，再过个五年，也许我就不是你的对手了。"

马力问这是什么意思？

"就是……"他停顿了一下，"就是打不赢你的意思。"

马力心想这个答案未免可笑，邮差的气色虽然比以前好，但仍是个病人，马力只需一根手指头就能击垮他，何需等五年？

"你记住了，我会跆拳道，也会空手道，反应很灵敏，所以……"马力伸出拳头，"别存坏心眼。"

第2章·杨坨

巫老师来唤马力进去时，他把收到教育局的来信一事告知。

"除了这个，杨坨还说了什么？"巫老师问。

"羊驼？妳指每个月送金银珠宝来的羊驼？"

"不是那个羊驼，"她笑了，"是杨树的杨，一坨泥巴的坨，这是邮差的名字。"

"杨坨……"马力忍不住联想起羊驼，"我……我还是叫他邮差吧！邮差说单看牛皮纸信封就知道是政府机关寄来的，因为只有政府机关会使用牛皮纸信封。"

"就这样？"

马力想了一想，答："他还说我很可爱，再过个五年，也许他就不是我的对手了。"

巫老师问这是什么意思？

"就是……就是他打不赢我的意思。"

"杨坨是个很温柔的人，我相信他不会使用武力解决问题才是。对了，你对他有什么看法？"

诚如巫老师所言，邮差的确不像会动粗，偏偏这是邮差本人给的答案。还有，如果马力记得没错的话，刚从西藏回来没两天，巫老师也曾问过他对邮差的看法，莫非她忘了？

"除了由老师变成病人，再由病人变成邮差的经历颇为传奇外，我看不出他和别人有什么不同。"

"是吗？我感觉他挺特别的，学识既渊博，待人又诚恳，是我遇到过最好的人。"

马力不知道邮差的学识渊不渊博，但待人倒是可以，除了和自己的女神走得太近让他很不爽外，没什么大毛病。

"世界上不缺学识既渊博，待人又诚恳的人，但可不是每个地球人都能接受绿血人。"马力说。

"真的吗？"巫老师突然眉头深锁，"也许下次我问问他能不能接受。"

马力心想这未免也太冒险了？！邮差能不能接受事小，万一他泄露出去，引起科学界、医界、天文界，乃至政界的关注，那无疑会带来可怕的后果。

虽然内心不以为然，但马力仍言不由衷地答："也好。"

第3章·物理竞赛

晚餐桌上，方脸大叔问马力："听说你今天收到信了？"

"嗯！是黄瓜区教育局寄来的，要我回户口所在地参加初中物理竞赛。"

叮叮问："为什么是你？你的物理很厉害吗？"

这也是马力不解之处，初二才开始有物理课，而他初一下学期就已经离开原来的学校了。

悲伤阿姨紧接着问如果考不好，会不会受到处罚？

"应该不会，顶多丢脸而已。"马力答。

方脸大叔不苟同，他猜想是福利院使的招数，如果马力的成绩不佳，代表收养家庭不行，马力又得重回福利院。

马力不认为这个担忧是正确的，因为他的在校成绩一向平平，再说了，成绩不好不代表收养家庭就不好，这是两回事。

"对了，你怎么知道我今天收到信了？"马力问方脸大叔。

"早上我见到邮差，他告诉我的。"

"你为什么会见到他？难道你也收到信了？"

"嗯！出发到亚马逊雨林前，我申请扩建房子，市政府同意了，所以发来公函。由于我们离家数月，邮差找不到人签收，直到今日才完成任务，这还得感谢巫咘咘，没有她，邮差早把信给退回去了。"

扩建房子？四个孩子齐问理由。

悲伤阿姨答："你们都大了，应该有自己的房间。"

这真是突如其来的好消息！马力等不及要拥有自己的房间，这样就不会被半夜梦游的行空给吵醒了。

"你今天只收到一封市政府寄来的信吗？"咚咚忽然问自己的父亲。

"两封，另外一封是……"

"葛立～"悲伤阿姨大喊，但随即降低分贝，"你的嘴巴粘上酱汁了。"

今天他们吃烧烤，不止嘴巴有酱汁，双手也粘糊糊的，只是马力不明白悲伤阿姨为什么要在这个时间点提这个？

方脸大叔用手抹去嘴巴上的酱汁后，催促大家赶紧吃，因为吃完还得学习呢！

记得刚从西藏回来时，好歹有几天相对清闲的日子，没想到这次只休息了一天。

马力很想抗议一下，但一想到这家人全是书虫，他寡不敌众，还是免了吧！

于是他埋头苦"吃"，至少得确保自己在漫漫长夜里不会肚饿才行。

作者介绍

在异国的背景下加入缠绵悱恻的爱情故事是B杜小说的一大特点，她的文笔清新、笔触诙谐、画面感很强，读完小说有种看完一部爱情偶像剧的感觉，特别适合怀春少女及对爱情有憧憬的女性阅读。

另外，B杜还创作了系列小说（马力历险记、极短篇故事集、巫觋咖啡馆等），欢迎关注。

Also by B杜

《馬力歷險記 2 之黃金國》（繁體字）
The Adventures of Ma Li (2) : Eldorado
(traditional character version)

* * *

《东瀛之爱》 Love in Japan

《法兰西情人》 Love in France

《英伦玫瑰》 Love in England

《爱在暹罗》 Love in Thailand

《情定布拉格》 Love in Prague

《狮城情缘》Love in Singapore

《爱上比佛利》Love in Beverly Hills

《新西兰之恋》Love in New Zealand

《梦回枫叶国》Love in Canada

《早安，欧巴》Love in Korea

《迪拜公主的秘密情人》Love in Dubai

《我在苏黎世等风也等你》Love in Switzerland

《巫觋咖啡馆之梧桐路篇》The Witch & Warlock Café on Wutong Road

《马力历险记 1 之地球轴心》The Adventures of Ma Li (1)：The Time Axis

《马力历险记 3 之可可岛宝藏》The Adventures of Ma Li (3)：The Treasure of Cocos Island

《B杜极短篇故事集 (1～100)》A Word to the Wise (Tales 1～100)

《B杜极短篇故事集 (１０１～２００)》 A Word
to the Wise (Tales １０１～２００)

《B杜极短篇故事集 (２０１～３００)》 A Word
to the Wise (Tales ２０１～３００)

《B杜极短篇故事集 (３０１～４００)》 A Word
to the Wise (Tales ３０１～４００)

www.ingramcontent.com/pod-product-compliance
Lightning Source LLC
Chambersburg PA
CBHW060757190726
48285CB00002B/459